魂《こん》婚《こん》心《しん》中《じゅう》

Soul Marriage and Other Stories

You Ashizawa

芦沢央

早川書房

魂婚心中

装画：Q-TA
装幀：坂野公一（welle design）
挿絵：あきんこ

目 次

魂婚心中

どんな願いのためならばゴキブリを食べられるか、という問いを投げかけられたことがある。

小学生の頃、教室にゴキブリが出て大騒ぎになった直後の給食の時間だった。

百万円、と誰かが言い、えー一億もらっても無理、と誰かが言った。そのせいでなんとなく欲しいものを言っていくような流れになり、みんなは次々に高額のゲーム機やレアなトレーディングカードについて口にしていった。

流れを変えたのは、一人の女子の「食べなきゃお母さんが死ぬって言われたら」という言葉だ。今度は誰のためならゴキブリを食べられるかという話になり、お父さんならどうか、おじいちゃんおばあちゃんなら、兄弟姉妹なら、友達なら、と互いに確認し合っていった。誰のためでもゴキブリは食べられないと半べそをかき始めた子もいれば、俺はおまえたちのためなら食うよ、と答えて喝采を浴びた子もいた。

私は黙々と春雨サラダを口に運びながら、自分ならどうだろうと考えていた。

ゴキブリを食べてまで欲しいものなんて、特に思いつかなかった。食べなきゃ誰かが死ぬという状況もイメージしづらい。答えが出せずにいるうちに、りっちゃんはどんな状況なら食べるの、と矛先を向けられ、私は咄嗟《とっさ》に浮かんだ答えを口にした。

「給食に出たら」

どっと笑い声が上がった。やだあ、りっちゃんなに言ってんの。なんで給食にゴキブリが出るんだよ。異物混入じゃん。てか食事中にこの話題やめない？　ほんとだよ、なんか気持ち悪くなってきた。

唐突に始まった話題は唐突に終わった。私は腑に落ちない思いで、再び春雨サラダを箸でつまみ上げた。むにゅむにゅした食感が気持ち悪いから、嚙まずに喉に流し込んでいく。

なぜ自分が笑われたのかわからなかった。

給食は残してはいけないというのは、みんなも知っているルールだ。給食に出たものならば、嫌いでも食べなければならない。食べたくないものを食べさせられるシチュエーションとして、こんなに想像しやすいものもないはずだ。なのになぜ、みんなはゴキブリを食べなきゃ誰かが死ぬなんてよくわからない状況の方をすんなり受け入れるのだろう？

思えば、自分にとっては当然である論理が理解されないことに気づき始めたのは、あの頃からだったような気がする。

りっちゃんってちょっとズレてるよねと言われたから、そうか自分はズレているんだと認識した。けれど早い段階で自覚できたのは幸いだった。ズレていることがわかっているのならば、調整すればいい。

私は周囲の人たちを注意深く観察するようになり、みんなに溶け込んでいるように見える人を模倣するようになった。みんなが笑っていたら、なにが面白いのかわからなくてもとりあえず笑ってみせる。意見を聞かれたら、自分の前に発言して受け入れられた人の言い回しを真似する。それだけで「なんか変」と言われる回数は有意に減った。

中学、高校、大学、社会人と進むにつれ、徐々に私の擬態《ぎたい》は上手くなっていった。子どもの頃はただただ理解できなかったみんなの思考や感情も、経験と分析を重ねることである程度は把握できるようになった。

それでも未だに私は、お手本のない状態で意見を聞かれるのは苦手だ。

本当のことを答えた場合、相手がどんな反応をするのか予想がつかない。このくらいなら無難だろうと判断して言っても、気味悪がられたり怒らせてしまったりする。

最初から相手の中に納得できる答えというものが存在して、それ以外は許されないのならば、先にその答えを教えてほしかった。だが、前にそう頼んで怒らせてしまったことがあるから、答えを尋ねるのが間違いらしいことはわかっていた。

「どうしてこんなことしたの」

だから私は今も、泣き崩れながら同じ質問ばかり執拗に繰り返している母の白髪交じりのつむじを、なにも言えずに見下ろしている。

母が望んでいる答えはなんだろう。

なにをどこから説明すればいいんだろう。

私の血まみれの手をタオルで包み込んでいる母の手は、目で見てわかるほどに大きく震えていた。赤く腫れた母の目は、座り込んだ私の横に落ちている包丁の上で泳いでいる。

泣かないでほしかった。母が納得できる答えをあげたかった。

だけどお手本がない以上、答えるとしたら本当のことを言うしかない。

「浅葱《あさぎ》ちゃんに死んでほしいと思ってしまったから」

一番重要だと思われる答えを口にすると、母の全身が弾かれたように跳ねた。

見開かれた目が、私を向く。

そこに浮かんでいる感情は、十歳でズレを認識してからの十九年間、人間を観察し続けてきた経験からすれば、恐怖に似ているように思われた。

どうやら、私の答えは間違いだったらしい。

この場での正解がなんだったのかはわからなかった。

わかったのは――私がやったのは、みんなからすればおかしいことだったのだろうということだけだ。

*

きっかけは、配信の切り忘れだった。

浅葱ちゃんが『おやすみー』と完璧な笑顔で手を振ってから、配信終了ボタンがクリックできていないことに気づくまでのたった十四秒間。

暴言を吐いたわけでも煙草を吸い始めたわけでもオナニーする姿が流れてしまったわけでもなく、特に放送事故として話題になるようなこともなかったが、その十四秒間には、たしかに素の浅葱ちゃんが映っていた。

浅葱ちゃんは、ただパソコンの前でじっとしていた。それまでハイテンションでしゃべり続けていたのが嘘のように、虚ろな目と半開きになった唇を二万六千人の同接視聴者たちに晒《さら》していた。

浅葱ちゃんは即座にＳＮＳで〈座ったまま寝てた〉とごまかし、ファンも〈寝顔かわいい〉〈ラグったのかと思ったｗ〉と返して、受け流す空気になった。

けれど私は、アーカイブでは削られてしまったその十四秒間がどうしても忘れられなかった。本来なら、一生見ることはできなかっただろう推しの素顔。それは、これまでに目に焼きつけてきた浅葱ちゃんのどんな表情よりも美しく、繊細で、神々しいものに見えた。

もっと見たい、と思ってしまうまでに時間はかからなかった。もっと浅葱ちゃんの素顔が知りたい。カメラを意識していない、私たちのために作られていない浅葱ちゃんの姿が欲しい。

私は浅葱ちゃんのアーカイブ動画やＳＮＳの投稿をくまなく見直し、浅葱ちゃんの所属グループである純情エデンの公式配信や他のメンバーのＳＮＳも遡《さかのぼ》っていった。

自撮り画像は瞳に映り込みがないかを拡大してチェックし、配信動画は電車の走行音や救急車・消防車のサイレン音、落雷音などが入っていないかを音量を最大にして確認した。

ご飯の写真がアップされていたら、メニューやおしぼりの文字、店内のテーブルの配置や壁紙の色から店を特定し、配信中に学生時代の部活や委員会の話が出たら、出身校を絞り込んでその学校の卒業生のＳＮＳを徹底的に漁った。

浅葱ちゃんは映り込みには気を遣っているようだったが、雑談では詰めが甘かった。

今日は寝坊してゴミを出し忘れた、いきなり雨が降ってきて洗濯物がびしょ濡れになった、運動会の練習が聞こえてきて懐かしくなった、中学も高校もブレザーだったからセーラー服に憧れる、中学の頃はバスケ部だったけど強豪校だったから卒業までレギュラーになれなかった、坂道だらけの学校の周りをよくランニングさせられた——どれも自宅の住所や出身校を自ら告げているようなものだ。

私は浅葱ちゃんの行きつけのスーパーやコンビニを把握し、自宅の住所を突き止めた。地元の友人だという人のSNSから浅葱ちゃんの高校時代の写真を入手し、浅葱ちゃんの本名が神田《かんだ》朝子《あさこ》であることを知った。

毎日少しずつ、浅葱ちゃんについての情報が増えていくのは幸せだった。まるで浅葱ちゃんが、私のためにクイズを出題してくれているような気さえした。クイズを解けば、浅葱ちゃんがこの世界に実在している痕跡を感じ取ることができる。

恋人も友達もいなくても、浅葱ちゃんの配信を聴いていれば少しもさみしくなかった。親に将来が心配だと嘆かれて落ち込んでも、浅葱ちゃんのイベントの予定が一つでも入れば、未来は瞬時に薔薇色になった。

職場で上司に怒られても、無茶な仕事を振られて週末が仕事で潰れても、浅葱ちゃんの夢を支える資金を稼ぐためだと思えば頑張れた。

見返りなんて、なにもいらなかった。

私は、推しにガチ恋するファンを軽蔑していた。

推しを恋人のように考え、推しと繋がりたいと願い、ファンレターに自分のプリクラを貼ったりＬＩＮＥのＩＤを書き込んだりするファンの話を聞くたびに、なんておこがましい人たちなのだろうと憤りを覚えた。

推しは神だ。

浅葱ちゃんがこの世に存在するというだけで、神宮寺《じんぐうじ》浅葱という名前を構成する漢字の一文字一文字が回復呪文の効果を持ち、浅葱色を含むすべての物体がラッキーアイテムになる。五センチヒールを履いて浅葱ちゃんと同じ一六七センチになれば、不気味で空虚な街中を歩くことが浅葱ちゃん目線の視界を体感できるイベントに変わる。浅葱ちゃんのライブや配信予定が発表された途端、生きていてもいなくても同じような毎日が待降節《アドベント》になる。浅葱ちゃんに投げ銭すればするほど血行がよくなり、純情エデンのグッズが増えれば増えるほど部屋の空気が清浄になって寿命が延びる。つまり寿命が実質タダ。そんなことができる存在が、神でなくてなんだというのか。

推しと結婚したいなんて、神を自分と同じ下界にまで引きずり下ろすことだ。そんなことを望むこと自体が不敬罪。万死に値する。

だから私は浅葱ちゃんが住んでいるマンションを突き止めてからも、決して近くをうろつくようなことはしなかった。浅葱ちゃんの行きつけの店はむしろ避け、浅葱ちゃんが一回は行ったもののもう二度と行きそうにもない店だけを訪れた。

もし浅葱ちゃんと遭遇するようなことになったりしたら、自分という不純物が尊い空間を台なしにしてしまうからだ。

私にとって、浅葱ちゃんが実在した場所はパワースポットであり、そこを訪れるのは聖地巡礼だった。

浅葱ちゃんがたらこクリームパスタを食べたイタリアンで同じメニューを食べたときには、神話に登場する食べものが実在したことへの興奮と、味覚という扉を通して禁足地に足を踏み入れてしまった背徳感を覚えた。

純情エデンの生ライブのチケットが取れて、歌って踊って他のメンバーたちとじゃれ合う浅葱ちゃんの姿を直に目にしたときには、脳の血管が切れて死ぬかと思った。

むしろ、その場で死にたかった。死んで、浅葱ちゃんの周りの空気に生まれ変わりたかった。空間を汚すことなく浅葱ちゃんを一番近くで見守れて、浅葱ちゃんの生命維持に直接役立てる空気に。

浅葱ちゃんに望むのは、ただ健やかに生きていてほしいということだけだった。この世に生きてくれていることがなによりのファンサで、それ以上に願うことなんてなかった。

けれど今思えば、浅葱ちゃんの素顔をもっと知りたいと思ってしまったときから、私は間違い始めていたのだろう。

間違い、間違い、間違い続けた私が知ってしまったのは、浅葱ちゃんのKonKon——死後結婚用マッチングアプリのリア垢だった。

私が幼かった頃は、死後結婚は親の思い出話に出てくる風習でしかなかった。

そもそも身近な人が死ぬこと自体が稀《まれ》だったし、死後結婚とは、未婚のまま死んだ人の来世での幸せを願うための形式的な儀式でしかなかったからだ。

私が最初に死後結婚式に出席したのは、大学生のときだった。

同じゼミの先輩が自殺し、合同告別式に続いて行われた死後結婚式に新婦側の友人として招かれた。当時はまだ、死後結婚式は故人の意思によるものというより、習慣上行われる儀式の意味合いが強かったから、ごくシンプルで短い式だったように思う。参列者の拍手の中で二つの棺《ひつぎ》を合体させ、間の仕切りを外すセレモニーは感動的と言えなくもなかったけれど、式終了後の見送り時、告別式においては「ご愁傷様です」と告げたばかりの新婦の母親に、今度は「おめでとうございます」と言うのには違和感があった。先輩の死が自殺によるものだったからかもしれないが、どれだけ華やかな雰囲気が作られようと、若い人が亡くなる不幸という陰鬱さを拭うことはできなかった。

だが、ここ数年で死後結婚のイメージは大きく変わった。

魂婚《こんこん》、冥婚《めいこん》、ムカサリ絵馬など、地方によって異なる名称で呼ばれ、儀式の内容にもばらつきがあったのが、KonKonがメジャーなアプリとして広がったことで一つの潮流が生まれ、社会における死後結婚の意味合い自体が変化したのだ。

KonKonは元々、葬儀屋に情報・仲介料を払って死後結婚の相手を探さなければならなかった遺族の負担を減らすために開発されたマッチングアプリだったという。

だが、マッチング相手を選べるとなれば、できるだけ好みの相手と結ばれたいと考えるのが人情らしい。死者本人が生前にアプリに登録してマッチング相手を探すようになると、終活の一種としての位置づけが強くなり、できるだけ故人の希望を反映できるようなシステムへと変更されていった。

ニーズがシステムを作り、システムがニーズを生む。

年齢、セクシュアリティ、外見、信仰、魂婚式や埋葬法のイメージなどで魂婚相手を絞り込みたいという要望から、フォローの有無、いいね数、閲覧履歴などによってマッチング相手が優先表示され、条件検索もできるようになった。

死亡時刻に応じて新着情報が表示されるから、リアルタイム性が重視されるようになり、健康管理アプリと連携できるシステムにアップデートされた。

愛は死を超えて。

魂が結ぶ、永遠の絆。

運命はもう隠れていない――

様々なキャッチフレーズが唱えられ、主に若者の間から登録者数が増えていった。そうなれば、魂婚相手の見つかりやすさに差が生まれるのは必然的な流れだ。

本来はマッチング相手を探しやすくするためのシステムだったはずなのに、かえって魂婚できない人が出てくるという現象が起こった。フォロワー数が多い人は死後すぐに相手が見つかるが、フォロワーが少ない人や遺体の損傷が激しい人はいつまでも死亡情報一覧に残り続け、行き遅れれば行き遅れるほど相手が見つかりにくくなる。

次第に、魂婚ができない人間はみじめでかわいそうな人だとされ、フォロワー数が多い人は、それだけの人数に死後に添い遂げたいと思ってもらえるような魅力がある人間だと見なされるようになっていった。

KonKonのフォロワー数はステータスの一つになり、有名人の間でもフォロワー数を競う流れが生まれた。芸名でアカウントを作って公開し、ファンのフォローを促すタレントやアイドルや俳優が出てきたのだ。

彼らは瞬く間に一般人とは桁の違う数のフォロワーを獲得し、それが話題になることでアカウント公開に踏み切る有名人は増えていった。KonKonをやっていれば若者への認知度も上がる。魂婚を匂わせれば、ファンを増やすこともできる。

推しに対して「結婚して」というファンサうちわを掲げるのは、もはや単なるネタではなくった。推しと普通に結婚するのは現実味がなくても、同じタイミングで死ぬだけで少なくとも候補には入れる魂婚なら可能性があるからだ。

ただしフォロワーが数万人以上いるような有名人の場合、一ファンにできることと言えば、推しが死んだら一縷《いちる》の可能性に賭けて後を追うことくらいだった。たとえ推しが健康維持アプリと連携していて死亡情報がリアルタイムでわかり、即座に後を追えたとしても、そんな人間がたくさんいればその中で選ばれる保証はない。

第一、推しが本気でアプリを使っているとも限らないのだ。

実際、多くの有名人は単なる宣伝媒体としてしかアプリを使っていないようだった。ほとんどのアカウントが魂婚相手のセクシュアリティを指定するなどの絞り込み機能は使わず、相手は誰でもいいような空気を作っていた。それはつまり、本当は誰のことも選ぶ気はないということだ。

けれど——私が浅葱ちゃんの高校時代の同級生のSNSを辿り、彼ら彼女らのKonKonのフォロワーをしらみつぶしにチェックしていくことで見つけたアカウントは、純情エデンの神宮寺浅葱のものではなく、神田朝子のものだった。

私は、そのアカウントが本当に浅葱ちゃんのリア垢であることを確信するまでに半月かけた。特定するための情報が不足していたわけではない。

むしろ、情報が多すぎたからだ。

さすがに神宮寺浅葱としてのSNSと同じ写真が使われていることはなかったが、フローリングの木目、ドアノブの形、ラグの色や毛の長さ、テーブルに微かに残る傷、コンセントの位置、物を撮るときの影の入り方などを見れば、同じ部屋であることは一目瞭然だった。

さらに、見覚えのあるマグカップやマウスが写り込み、最近プレイしたゲームまでが一致するとなれば、もはや疑いようもなかった。

だが、だからこそ私は、それが本当に浅葱ちゃんのアカウントであることがなかなか信じられなかった。

これは何者かによる陰謀なのではないかと考えもした。誰かが浅葱ちゃんを陥れるために、わざと浅葱ちゃんのリア垢に見えるようなアカウントを作成したのではないか、と。そうでなければ、自分のような一般人がこんなに簡単に辿り着けてしまうはずがない。

けれど私は、同時にわかってもいた。こういう無防備さこそが、浅葱ちゃんの魅力の構成要素の一つでもあるのだ。

疑問を抱くとすれば、なぜアカウントを公開してフォロワー数を増やそうとしないのかということくらいだったが、これはプロフィールを読むだけで解決してしまった。

浅葱ちゃんは魂婚相手の性別を女性に限定し、遺体の損傷状況でフィルターをかけていたのだ。セクシュアリティにかかわらず、魂婚相手に同性を望む女性は多いが、浅葱ちゃんのファンの大多数が男性であることを考えると、たしかに女性に限定していることを知られるのは得策ではないだろう。

遺体の損傷状況フィルターは、元は電車への飛び込みや高所からの転落死など、状態が良くないとされる遺体を候補に出さないようにしてほしいという要望から生まれた機能で、これをオンにしている一般人は少なくなかった。けれど、フィルター機能は身体障害者への差別であるという抗議は機能搭載時から上がっており、公開アカウントでフィルター機能を使用した有名人は大抵炎上していた。

だから浅葱ちゃんは、アカウントを公開しない道を選んだ――それはすなわち、浅葱ちゃんは死んだら本当にアプリを使ってマッチングしようとしているということだ。

死後のことなんて考えず、ただ、今ファンを増やすことだけを優先するのならば、余計な絞り込みをしないプロフィールにして公開すればいいのだから。

私は、自分がどういう感情を抱けばいいのかもわからないまま、浅葱ちゃんの日々のつぶやきを遡っていった。浅葱ちゃんのKonKonの投稿には、これまでのどの配信やSNSにも出てこなかった情報が溢れていた。

本当は甘いものがあまり好きではないこと、チャームポイントの泣きぼくろはアートメイクで入れていること、毛が生えた男性の手を見ると鳥肌が立つこと――浅葱ちゃんの実年齢が二十六歳なのは地元の同級生のSNSでわかっていたことではあったが、浅葱ちゃん自身が干支《えと》や中学時代に流行っていた歌について偽らずに言及している場所は他になかった。

私は、浅葱ちゃんが墓石にターコイズを埋め込んでほしいと願い、魂婚相手と棺の中で小指を絡ませて火葬されたいと夢見ていることを知り、感動を通り越してパニックになった。

――私は今、浅葱ちゃんの遺書を読んでいる。禁断のアカシックレコードにアクセスしている！

ターコイズのピンキーリングを買い、左手の小指にはめた。途端に人体の一部という認識が急速にゲシュタルト崩壊していくのを感じ、慌ててリングを外して配信を聴くためのタブレットの横に飾った。

二日後、私はごく普通のゲーム好き女子らしいアカウントを作り、ダミーとして似たようなアカウントを数人フォローしてから、神田朝子のアカウントをフォローした。

フォローバックが来たのは、さらにその二日後。

神田朝子の相互フォロー人数は、私を含めて百五十九人だった。

私は、その一人ひとりのプロフィールを読んでいきながら、考えてはならない、と自分に言い聞かせ続けた。私は十分幸せだ。見返りがほしくて浅葱ちゃんを推してきたわけじゃない。これ以上を望んだら天罰が下る――

けれど、意識を遠ざけようとすればするほど、思考は吸い寄せられていった。

ライバルは、百五十八人しかいない。

つまり、浅葱ちゃんが死んだ後すぐに後を追えば――浅葱ちゃんと結婚できる可能性は、十分にある。

浅葱ちゃんのリア垢と繋がってから、私は毎日毎時間、浅葱ちゃんのアカウントを確認するようになった。

アプリを開いて、浅葱ちゃんのステータスが存命になっていたら、ひとまず乗り遅れずに済んだと胸を撫で下ろす。仕事中でもスマートフォンが手放せなくなり、寝ている間も浅葱ちゃんの死亡情報が出ていたことに気づいて慌てる夢を見ることが増えた。

睡眠不足が続いて常に頭が朦朧《もうろう》とするようになると、私は夢なのか現実なのかも区別がつかない意識の中で、迅速に後を追うためのシミュレーションを繰り返すようになった。

一番早くて準備がいらないのは飛び降りだが、遺体の損傷状況フィルターに引っかかってしまっては元も子もないから選べない。

毒薬があればどこにでも持ち運べて便利だが、信頼性のある入手ルートが見つからない。

結局、確実性や手軽さを勘案して出した結論は、首吊りだった。首吊りなら、ロープさえ持ち歩いていれば仕事中でもトイレのフックやドアノブに結びつけて後を追うことができる。

私はホームセンターで丈夫なロープを買ってくると、動画サイトを観ながら解《ほど》けない結び方を練習した。

魂婚アプリのアカウント名とパスワードを書いた紙を机の目立つところに置き、自分が死んだら魂婚アプリのマッチングに従ってほしいという遺書を書いた。

もはや死ぬための準備をしている時間だけが、心が安らぐひとときになっていた。

早く死にたい。早く浅葱ちゃんと一緒に土の中に埋まりたい。

寝ても覚めても死ぬことしか考えられなくなった。そして、あー死にたい、と無意識のままつぶやいた自分の声を耳が拾った途端、思い出した。

浅葱ちゃんに出会うまでの私は、いつも薄ぼんやりと死にたいと考えていたことを。


私が浅葱ちゃんの存在を初めて知ったのは、今から四年前。

浅葱ちゃんが、まだライブ配信サイトで個人ライバーをしていた頃だった。

当時の私は新卒三年目で、勤めていた旅行会社はいわゆるブラック企業だった。

有給は一日も使えず、体調を崩して休んだら欠勤扱いになる。ノルマを達成できないと怒鳴りつけられ、朝礼で吊し上げを食らい、みんなの前で自分のなにがいけないのか分析したレポートを発表させられる。ノルマ不達成分は自腹で購入させられるが、休みはサービス残業で潰れるから旅行に行く暇なんてない。

若手社員は定着せず、誰かが退職するたびに一人当たりのノルマと仕事量は増え、手取りは減っていった。

だが、私にとってなにより苦痛だったのは、自分がそんな中でも意外に上手くやれてしまっていることだった。

私は成績の良い先輩の模倣をし、顧客を騙すような提案や契約をしてノルマを達成し続けていた。同僚が怒鳴られて泣く姿や、レポート発表をさせられた後に前髪を引き抜いたり手の甲に血が出るほど爪を食い込ませたりしている姿を、ただ黙って眺めていた。

私は成績優秀な若手として一つ上の先輩よりも先にチーフマネージャーになり、会社説明会でリクルーターとして話すことになった。

人事部の人からは、「リクルーターは会社の顔だから」と説明された。

「やっぱり学生からすると若手社員の声の方が身近だからね。社風とか社内の人間関係はどんな感じかとか、そういう話をしてほしいんだよ」

私は自分では原稿が作れなかったので、過去の会社説明会の資料を暗記することにした。

「みんな仲が良くて、アットホームな会社です」

一人暮らしの部屋で鏡の前に立ち、笑顔を作って繰り返した。

「みんな仲が良くてアットホームな会社です」

去年この原稿を作った先輩は、既に会社を辞めていた。

鬱病を患い、突然会社に来なくなったのだ。会社に置きっぱなしになっていた先輩の私物は、上司に命じられて私が処分した。チェック柄のブランケット、取っ手のところが猫のしっぽの形になっているマグカップ、歯ブラシセット、大量のミントガム、残業で帰れなくなったときのための着替えと下着。

元同僚の私物を処分するのは珍しいことではなかった。ある日急に無断欠勤をしてそのまま退職する人の多くが、私物は全部捨ててほしいと望んだからだ。

「みんな仲が良くてアットホームな会社です」

アットホームとはなんだろう。

「みんな仲が良くてアットホームな会社です」

アットホーム。家にいる。——どんなDV家庭だ。

部屋の中に自分の声だけが響いているのに耐えられなくなり、スマートフォンを手に取って動画配信サイトに繋いだ。会社説明会と入れて検索すると、有名企業のWEB会社説明会がずらりと表示される。とりあえず一番上の動画を開き、眺め始めた。私はこれを模倣しなければならない。言い回しを、表情を、声音をインプットしなければならない。

だが、視覚情報も聴覚情報も意識の表層をすり抜けていくばかりで、一向に頭に入ってこなかった。視界が狭い。息が苦しい。

ふいに画面が切り替わり、音量が大きくなった。驚いて画面をタップすると、広告を踏んでしまったらしくライブ配信アプリの宣伝ページが現れる。気づけば私は、アプリをダウンロードし、雑談と書かれた配信を開いていた。

誰でもいいから、どうでもいい話をしてほしかった。とにかくこの空間を音で埋めてほしい。

『あ、また入れすぎた』

それが、私が最初に聞いた浅葱ちゃんの声だった。

『見てこれ、やばくない?』

画面に大写しになったのは、カップラーメンの容器だった。内側の線を一センチ近く超えたところにまでお湯が入ってしまっている。

『どんだけ不器用なんだっつうね』

浅葱ちゃんが笑いながら言うと、画面に〈ミンミン:めっちゃ味薄くなりそうw〉というコメントが現れた。

『ほんとだよー』

浅葱ちゃんが眉をハの字にして答える。

〈とっくん：作り直したら？〉

『食べるよーもったいないし』

〈とっくんさんがハンバーガーをプレゼントしました〉

文字と共に、ハンバーガーのイラストが表示された。

〈とっくん：これでも食べて元気出して〉

『わあ、おいしそう！』

浅葱ちゃんが、口の前で両手を叩き合わせてはしゃいだ声を上げる。

『とっくんさんありがとう』

〈森がアイスクリームをプレゼントしました〉

今度はアイスクリームのイラストが画面に出てきた。

〈森：デザートにどうぞ〉

『森さん、いつもありがとね』

浅葱ちゃんは反応を返してから、『ラーメンにハンバーガーにアイスってフルコースじゃーん』と身体を弾ませる。

『なんか貴族になったきぶん〜』

これはなんだろう、とまず思った。この人たちは友達同士なんだろうか。ハンバーガーやアイスは、イラストが送られただけではないのか？

アラーム音が鳴った。

『あ、できた』

浅葱ちゃんが画面の下でなにかを操作する動きをして、音が止まる。

『私カップラーメンの三分が待てない人間なんだけど、こうやってみんなと話してるとあっという間に過ぎるね』

みんなと話してる——そうか、これは話していることになるのか。たしかに、画面上でコミュニケーションを取っている。

浅葱ちゃんは臙脂《えんじ》色の箸を持って手を合わせ、『いただきます』と丁寧にお辞儀をした。

〈とっくん：ちゃんとふーふーしてね〉

綺麗な箸使いで麺を持ち上げ、唇を尖らせて息を吹きかける。

〈ロペス：かわいい〉

〈たかと：いいものを見た〉

〈たかとが尊いをプレゼントしました〉

画面上に〈尊い〉というスタンプが現れる。

『たかとさんありがとう』

私もこのスタンプを送ってみたい、と思った。コメントはなにを書けばいいかわからないけれど、このスタンプなら押せる気がする。

どこを操作すればスタンプが送れるのだろうと画面のあちこちをタップしていたら、スタンプ一覧が表示された。

笑、ハート、尊い、クラッカー、花火などのスタンプの下に、金額が書かれている。〈笑￥１００〉〈ハート￥３００〉〈尊い￥５００〉〈クラッカー￥８００〉〈花火￥１０００〉

これが投げ銭というやつか、とようやく思い至った。なんとなくそのままお金を送っているのかと思っていたが、どうやらスタンプの形で送ることもできるらしい。

アイテム一覧を開くと、先ほど出てきたハンバーガーやアイスクリームも出てきた。それぞれ千円、八百円の値がついている。

浅葱ちゃんが麺をすすり上げ、もぐもぐと顎を動かした。

〈ｐｈ：おいしい？〉

『おいしいかは微妙』

〈ミンミン：やっぱり味薄い？〉

『めっちゃ薄い』

〈たかと：でもちゃんと食べてえらい〉

〈たかとがＧＯＯＤをプレゼントしました〉

画面上に〈ＧＯＯＤ〉というスタンプが現れる。

『わーい、たかとさんに褒められたー』

私はスタンプ一覧を開き直し、ＧＯＯＤというスタンプをタップした。だが、クレジットカードの登録画面が現れ、財布からカードをあたふたと取り出しているうちにタイミングを逸してしまう。

『でも真面目な話、私は食べものを捨てる方が嫌なんだよね』

浅葱ちゃんが言った。

『まずいってだけなら食べちゃえば終わるけど、捨てたら自分は食べものを捨てたんだっていうのが捨てた後も残るじゃん？　なんか、申し訳ない気持ちを引きずるっていうか』

〈たかと：浅葱ちゃんはいい子だなー〉

『んーいい子かなあ？　単に子どもの頃から給食は残さず食べなさいって言われてきたから、決められたルールを守らないのが落ち着かないってだけなんだけど』

あ、と思った。

給食は残してはいけない。給食に出たものならば、嫌いでも食べなければならない。

――やだあ、りっちゃんなに言ってんの。

自分がおかしいのだと思っていた。もやもやと渦巻く感情をどう表現すればいいのかわからなかった。だけど、そう――「決められたルールを守らないのが落ち着かない」。

あの頃の気持ちに名前をつけてもらったような気がして、腹の底の方がじんわり熱くなる。

私は震える指でスマートフォンを操作した。ライブ配信を初めて観に来た自分が、ここでこんなコメントをするのはおかしいかもしれない。りっちゃんって空気読めないよね。これまで、何度も何度もいろんな人に言われてきた言葉だ。でも、どうしても書かずにいられなかった。

〈りっちゃん：わかります〉

画面に自分のコメントが流れた瞬間、胃がぎゅっと縮こまった。やっぱり変だったかもしれない。なんだこいつって思われたかもしれない。今からでも取り消した方がいいだろうか。でも、取り消すってどうやればいいんだろう――

『あ、りっちゃんさんはじめまして！』

全身に電流が走ったような衝撃だった。

画面の中の浅葱ちゃんが、柔らかく目を細める。

『コメントありがとう。わかってもらえて嬉しい』

画面の中にいる、綺麗でかわいくてみんなの人気者らしい女の子が、私のコメントに答えてくれたということが信じられなかった。少しも聞き漏らしたくないと思うのに、心臓の音がうるさくて上手く聞き取れない。

『だから本当のところ、残さず食べるのも別にえらいわけじゃないと思うんだよね』

浅葱ちゃんははにかみながら続けた。

『私はただ、自分が嫌な思いすることより、自分を嫌いになることの方が怖いだけっていうか』

録音したい。

この言葉を額縁に入れて飾りたい。

今すぐ投げ銭がしたい。

けれど、身体が痺れていて、指が上手く動かせなかった。

結局、なにもできずにいるうちに配信が終わった。私は、配信終了と書かれた画面を呆然と見つめ続けた。

画面が暗転したスマートフォンを下ろすと、会社説明会用の資料が目に入った。

みんな仲が良くてアットホームな会社です。

靄《もや》が晴れたように、これはダメだ、という思考が浮かび上がった。

会社説明会でこの言葉を言えば、私は本当に自分を嫌いになる。人の人生を台なしにしてしまうのは一線を超えている――いや、もうとっくに超えてしまっていた。

私はその日のうちに退職願を書き、郵便ポストに投函した。翌朝、始業時間に電話をかけてきた上司に「すみません辞めさせてください」と告げ、いきなりなにを言っているのか、責任感ってものがないのか、君には期待していたのに失望した、今日の分は特別に病欠扱いにしてやるから早く出勤してこいと怒鳴り続ける声に「私物は全部捨ててください」とだけ返して通話を切った。

すぐに再びスマートフォンが鳴り始めたので、電源ごと切った。切ってから、これではライブ配信がチェックできないと気づき、タブレットを買いに行った。

買ったばかりのタブレットを抱えて電器店を出ると、世界が輝いて見えて驚いた。ビルも横断歩道の線も歩いている人も、すべての輪郭がくっきりしている。

私は深く息を吸い込み、また驚いた。

空気って、こんなにおいしかったのか。


それから私は、たびたび浅葱ちゃんの配信を聴くようになった。

投げ銭のやり方を覚え、すぐに貯金が尽きてしまったから就職活動をし、文具メーカーの事務として採用された。

新しい会社も一般的にはブラック気味だとされる会社で、毎日のように上司から怒られたり同僚から仕事を押しつけられたりしたが、それはあまり気にならなかった。

自分が嫌な思いはしても、自分を嫌いになるようなことをしているわけじゃなかったからだ。

私にとっては、誰かを騙したり蹴落としたりしなくていいことが大事だった。しかも残業をすればちゃんと残業代が出た。有給も事前に申請すれば許可をもらえた。前の会社から考えれば夢のような環境だ。

すべては浅葱ちゃんのおかげだった。私は感謝の気持ちを込め、配信のたびに自分にできうる限りの投げ銭をした。

投げ銭は、自分との戦いだ。

どこまでお金を捻出できるか、そして、どこで自分を止められるか。

浅葱ちゃんの配信を聴いていれば当然、際限なく投げ銭をし続けたくなる。けれど自分の限界を超えるまで出してしまったら、結局親か兄に借金を頼まなければならなくなり、長く推し続けることはできなくなってしまう。

家賃や水道光熱費にまで手をつけるわけにはいかない。食費を削るにしても、一日一食は確保しておかなければならない。必要最低限の生活を維持するのは、浅葱ちゃんを押し上げるエスカレーターとして機能し続けるための義務だ。

次第に浅葱ちゃんのファンは増え、ライブ配信アプリ上でも人気ライバーとしておすすめ配信に表示されるようになり、コメントや投げ銭をしても常に反応してもらえるとは限らなくなっていった。

けれど私は、なんの反応をもらえなくても一向に構わなかった。浅葱ちゃんからお礼の言葉が欲しくて投げ銭をしているわけじゃない。そもそも投げ銭自体が浅葱ちゃんがこの世に存在してくれていることへのお礼なのだから。

投げ銭というシステムがあるおかげで、上手く言葉にできない思いをお金という形にできる。本当に物をプレゼントするならセンスが問われるけれど、アイテムやスタンプは多少使いどころを間違えたところで、浅葱ちゃんにお金が届くことに変わりはない。

浅葱ちゃんの尊い日常を支えるための部品になれることが幸せだった。あるのかもわからない老後の資金として貯めるしか使いみちがなかったお金が、浅葱ちゃんの人生を豊かにするための食事代、水道光熱費、家賃、交際費という意味あるものへ変換されるのが嬉しかった。

そのありがたさを最も感じたのは、浅葱ちゃんが純情エデンのメンバーになったときだ。

純情エデンは、事務所に所属しているアイドル志望の女性ライバーの中から、一定期間内の投げ銭額順位上位五名が選ばれるという企画で生まれたアイドルグループだった。

私は企画が始まるや否や張り切って投げ銭をし、少しでも浅葱ちゃんの視聴者数が増えるようにSNSで応援アカウントを作って宣伝し続けた。なんとしても、浅葱ちゃんの夢を叶えたかった。

それでも最終日の段階で、浅葱ちゃんの順位は十位だった。

『夢のあきらめ方がわからないんだよね』

テーブルに頬杖をついた浅葱ちゃんは、まるで視聴者とサシ飲みをしてくれているような口調で言い、紅潮した頬にストロングゼロを押し当てた。

『あきらめなければ夢はいつか叶うって言うけど、いつかっていつ？』

画面には次々に浅葱ちゃんを励ますコメントが流れ、高額の投げ銭が飛んだ。私も一万円のシャンパンタワーを何セットも入れた。

けれど、いつもなら一つひとつのコメントや投げ銭に嬉しそうに反応していく浅葱ちゃんは、この日は『みんなの応援を無駄にしてしまったら申し訳ない』と苦しそうな顔をした。

『夢なんて呪いだよ』

浅葱ちゃんは呻くような声音でつぶやき、綺麗なネイルが輝く両手で顔を覆った。

『こうやって夢に人生を食い潰されていくんだ……』

私は、浅葱ちゃんにこんな苦しみを感じさせてしまう自分が歯がゆかった。浅葱ちゃんには、私たちのお金が無駄になるかどうかなんてことは気にせずに、どうしてもアイドルになりたいから投げ銭してと言ってほしかった。まだ勝負は終わっていない。あきらめずに今できることを全部やりきってほしい。

だけど私は、希望に満ち溢れた表情で夢について語るたくさんのアイドル志望者たちの中で、やさぐれながらそんな言葉を吐き出してしまう浅葱ちゃんが好きだった。

浅葱ちゃんの夢を叶えたい。浅葱ちゃんが新しいステージへと飛び上がるためのトランポリンのバネの一つになりたい。

私はひたすらシャンパンタワーを入れ続けた。私以外にも何人もの人が、浅葱ちゃんにシャンパンタワーを贈っていた。夢を見ることの残酷さ、生々しさを剝き出しにする浅葱ちゃんに心を打たれた人は多かったのだろう。二十三時を過ぎた辺りから、浅葱ちゃんの配信の視聴者数は急激に伸び始めた。投げ銭額も比例するように上がっていき、残り三分の段階で浅葱ちゃんは五位になった。

けれど、ラストスパートで投げ銭額を増やす人は他のライバーのファンにもたくさんいるだろうから、最後まで気が抜けない。私はクレジットカードの登録を増やし、シャンパンタワーを一気に百セット入れた。カードの上限額の百万円。画面が大量のシャンパンタワーで埋め尽くされ、束の間、浅葱ちゃんの顔が見えなくなる。

誰かが〈浅葱ちゃんどこw〉とコメントをすると、誰かが〈浅葱ちゃんの苦しむ顔は見たくない〉とコメントした。直接的なきっかけは、そのコメントだったのだろう。期間終了まで浅葱ちゃんの顔が画面に映らないほど大量のシャンパンタワーを入れ続けようという奇妙な連帯感が生まれた。私と同様に一度に百セット入れる人もいれば、〈これしか出せなくてすみません〉と数セットだけ入れる人もいた。数からすれば後者の方が断然多かった。けれど、涓涓《けんけん》塞がざれば終《つい》に江河《こうが》となる。

期間が終了し、投げ銭が途切れた一瞬に垣間見えた浅葱ちゃんの表情は、今も私の脳裏に鮮明に焼きついている。

〈四位おめでとう!〉

私と同様に配信開始時からシャンパンタワーを入れ続けていた人のコメントに、たくさんのお祝いコメントや花火、クラッカー、シャンパンが続いた。

もはや一回の配信の投げ銭上限額を超えてしまっていて投げ銭ができなかった私は、顔をぐしゃぐしゃにして泣きじゃくる浅葱ちゃんの姿を、同じように泣きじゃくりながら見つめていた。

この日、浅葱ちゃんは、純情エデンの神宮寺浅葱になったのだった。

浅葱ちゃんの個人配信は自宅での雑談が主だったが、純情エデンのライブ配信はゲーム実況や体育館を貸し切っての跳び箱対決、絵しりとり大会、ダンスレッスン風景公開など多岐にわたった。

雑談配信も、カメラの前で視聴者相手にしゃべり続ける形ではなく、じゃれ合いながらタコパをするメンバーたちを映したり、事前に集めたファンからの質問にみんなで答えていく座談会のような形式になったり、喧嘩ドッキリを仕掛けるものになったりと、明らかにエンターテインメント性が上がった。

そして、オリジナル曲をリリースし、テレビの深夜番組や音楽番組にも出演するようになると、純情エデンは一気にメジャーな存在になっていった。公式グッズが発売され、様々なコラボキャンペーンも実施され、私たちファンは、メンバーの個人配信での投げ銭の他、グッズを買い集めることでもメンバーを推し支えることができるようになった。

メンバーをキャラクター化したぬいぐるみやアクスタがクレーンゲームの景品になったから、コラボ期間中毎日ゲームセンターへ通っていたら、台の目利きができるようになった。グッズをコンプリートするために純情エデンがコラボしたスーパー銭湯に通い続けていたら、冷え性が治り、健康になった。

浅葱ちゃんを推すようになってから、生まれ変わったように人生が楽しくなった。死にたいとは少しも思わなくなり、怖いことは浅葱ちゃんがこの世からいなくなってしまうことだけになった。

――なのに、どうしてこんなことになってしまったんだろう。

浅葱ちゃんの魂婚アプリのリア垢を知ってしまって以来、私は、自分が迅速に死に損ねたせいで浅葱ちゃんが他の人とマッチングしてしまったら、という恐怖に取り憑かれ続けていた。

今死んでもらえたら、すぐに後を追えるのに――いつしか私は、アプリをチェックしながら様々な浅葱ちゃんの死のシチュエーションを夢想するようにさえなっていた。

居眠り運転のトラックに轢かれて死ぬ浅葱ちゃん。

イベントからの帰り道、ファンに刺されて死ぬ浅葱ちゃん。

工事現場の近くを通りがかって、上から落ちてきた鉄骨に押し潰されて死ぬ浅葱ちゃん。

死んでいく浅葱ちゃんの姿は、どれも胸が痛くなるほどに美しかった。

浅葱ちゃんのアプリの候補に私のアカウントが表示され、棺の中で浅葱ちゃんと小指を絡ませながら火葬されるところを想像することは、あまりに甘美すぎた。

同時に私は、心中のニュースも探すようになった。

心中の増加が社会問題になっていることは知っていたが、調べてみると心中は想像以上に頻繁に起きていた。

永遠の愛を誓い合いたい若い恋人同士、既婚者と不倫相手、あるいは既婚者同士が魂婚の意思を示してからするケース、そして――魂婚したい相手と同じタイミングで死んでマッチングするために、意中の相手を殺して自分も死ぬという無理心中。

無理心中であることがはっきりしている場合は、当然被害者遺族が加害者を魂婚相手に選ぶはずはないから、殺人犯の願いが成就することはなかった。だが、通常の心中であるように偽装されていたり、事故に見せかけられたりしていたら、遺族も気づけない。魂婚式を挙げてしまってから真相が発覚してトラブルになる事例が発生し、中には誰にも疑われず、真相が解明されないまま埋葬され続けている遺体もあるだろうと推測された。

ネットに〈完全犯罪　やり方〉と入れて検索し、具体的な方法について考察したページや質問サイト、完全犯罪をテーマにした映画のレビューなどを読み、こんなことで完全犯罪のやり方がわかるわけがないと我に返ってから気が付いた。

――私は、浅葱ちゃんを殺そうとしているのか。

冬の海に投げ込まれたような感じがした。

冷たいを通り越して痛い。身体のどこにも、温かい場所がない。

あのまま月日が経っていたらどうなっていただろうと、私は今、自分に問いかける。

死んでいただろう、という答えが浮かんだ。

あんな状態のまま生きていられたとは思えない。たぶん気が狂って、もはや浅葱ちゃんの死を待つこともなく自殺していただろう。死ぬのは怖い。けれど、浅葱ちゃんを殺してしまうような自分になることは、もっと怖い。

幸か不幸か、私の手元にはロープがあった。解けない結び方も知っていた。きっかけさえあれば、いつでも死ねたはずだ。

だが、私は死ななかった。

先に、兄が死んだからだ。


兄が死んだのは、ゴールデンウィーク前日の朝のことだった。

ロードバイクでの出勤中、トラックに接触して転倒し、後続車に撥ねられたのだ。

地元の信用金庫に勤めていて、優しくて人当たりがよく、友人も多い人だった。

投げ銭のしすぎで生活費が足りなくなった私が実家に頭を下げに行った際、今回だけだぞと言って十万円貸してくれたのも兄だ。

母は「お兄ちゃんにまでお金を出してもらうなんて恥ずかしくないの」と怒ったが、兄は「律子がこんなにお金使うのなんて初めてじゃん」と笑っていた。

「誕生日でもクリスマスでも欲しいものは特にないって言って、お年玉も全然使わなかっただろ。なんにも興味を持てないとしたら寂しいなと思ってたから、むしろ俺はちょっと安心したけど」

兄は昔から、私のことを理解はできないものの面白い存在として認めてくれていた。

外で自分のズレを調整し続けていた反動で、家では思ったことをそのまま垂れ流していた私が両親との会話ですれ違っても、兄が「そんな考え方もあるんだなあ」とのんびり言ってくれるから、深刻な空気にはならなかった。

けれど両親にも私にも、兄の突然の死を悲しむ暇などなかった。

なぜなら、兄は独身だったからだ。

葬儀屋や魂婚コーディネーターは年中無休二十四時間営業だが、役所は連休中閉まってしまう。死亡届の受理が遅れれば遅れた分だけ、魂婚の難易度が上がる。アプリがなかった昔はマッチングに一週間や二週間かかることもざらだったから、そこまで遺体の鮮度が問題視されることもなかったらしいけれど、今や死後一週間経った遺体なんて完全な行き遅れだ。

私は、母からの電話で叩き起こされるや実家へ駆けつけた。

警察署で本人確認を行い、会社に忌引《きびき》の連絡をし、役所で死亡届を提出して死後結婚届の用紙をもらえたのが十三時半。兄が書き残していたパスワードで**KonKon**を開き、アカウントに各種届申請済の情報をアップし終えたのは、死後七時間経った十五時過ぎだった。

幸いなことに、兄は生前、**KonKon**を精力的に使っていたようで、フォロー・フォロワー数が少なくなかった。また、事故の目撃者も多く事件性がないと判断されたため、司法解剖の必要もなくすぐに遺体が返ってきた。さらに、**KonKon**に健康管理アプリを連携させていたおかげで死亡届のアップを待たずリアルタイムで死亡情報が上がっており、新着情報の中で埋もれてしまうこともなかった。

そして今日、無事にマッチング相手を見つけた兄の魂婚式が行われた。

「今、ご列席の皆様の温かな拍手に見守られて、二つの棺が一つになりました。それでは、新郎新婦の末永いご多幸と両家の繁栄を願って、乾杯の音頭を取らせていただきます。——乾杯！」

「乾杯！」

高らかな唱和の声と共に、巨大な棺の上でミラーボールが回り、音楽が流れ始めた。曲はマイケル・ジャクソンの「スリラー」。兄が生前に魂婚式で流すことを希望していた曲だ。

「やだー」

「悪趣味すぎんだろ」

白いワンピースドレスや白いネクタイで着飾った兄の友人たちは、笑いながらスマートフォンで棺を撮っていた。おそらく後でKonKonに〈#友達の魂婚式に行ってきました〉とでもつけて投稿するつもりなのだろう。

魂婚式でどんな曲を流したいかというのは、KonKonのプロフィール設定欄にもあるほどの基本事項の一つだ。だが、真剣に考えれば考えるほど、選曲が難しくなる。

だから、兄のようにネタ的な曲を選んでごまかす人も少なくない。普通の結婚式なら式が近づいてくるにつれて冷静になって曲を選び直すこともあるだろうが、死後に行う魂婚式ではそうもいかない。

結果的に冗談だったのか本気だったのか微妙な曲が流れてしまうベタなところも兄らしくて、けれどどこんなベタさを素直に笑ってくれる友達が兄にはいたんだなと思うと、私はどこかホッとするような、切ないような気持ちになった。

新婦側の両親を見ると、父親は少し複雑そうな顔をしていたものの、母親ははしゃぎ声を上げる参列者たちを穏やかな表情で眺めていた。

聞けば新婦は、生まれた頃から心臓に病を抱えていて、二十歳まで生きられないだろうと言われ続けてきたらしかった。最終的には二十四歳で人生の幕を閉じたわけだが、常に死が身近にあった以上、魂婚について真剣に考える機会は人よりも多かっただろう。そんな人が、兄のアカウントをフォローし、兄の投稿にもたびたびいいねをしてくれていたのだ。

「いい式になってありがたいね」

母が涙を拭いながら、何度目になるかわからないつぶやきを漏らした。

「そうだね」

私はミラーボールの眩《まばゆ》いほどの輝きに目を向けたまま、短く答えた。

魂婚においては、運命に導かれた縁という言い回しがよくされるが、たしかに不思議な縁だと思う。兄が死んだのが一日でもずれていたら、こうして二人が出会うこともなく、兄の横にいたのは別の女性だったのだから。

私は、参列者に祝福される二人の姿を眺めながら、いいなあ、と思った。私も、こんなふうに祝福されながら、浅葱ちゃんと魂婚したい。

ふいに鼻の奥がツンとして、唇を嚙みしめた。

『夢のあきらめ方がわからないんだよね』

浅葱ちゃんの言葉が蘇《よみがえ》った。

本当にそうだ、と思った。

私は、浅葱ちゃんと魂婚できるかもしれないなんて夢は、見たくなかった。こんなふうに自分を嫌いになんてなりたくなかった。

推しと結婚したいと願うなんて、万死に値する不敬罪。

それならば、推しと魂婚したいと願うばかりに推しの死を願ってしまう罪には、どんな罰が与えられるべきなのだろう？

夢なんて捨ててしまいたかった。ただ、あきらめればいい。自分でやめるのだと決めればいいだけだ。

だけど、気持ちの問題だからこそ、自分ではどうにもできなかった。

『夢なんて呪いだよ』

——たしかに、夢は呪いだ。

「さて、皆様方と過ごしてまいりましたこの素敵なお時間ですが、そろそろ出棺のお時間が近づいてまいりました」

司会者のアナウンスに、母の肩が小さく跳ねた。

「新しい旅立ちへと向かう新郎新婦へ向けて、両家のご両親様から餞《はなむけ》のお言葉を頂戴したいと思います」

和やかな談笑が続いていた会場が一瞬にして静まり返り、私の隣に立つ母へとスポットライトが当たる。

母は小さく咳払いをし、黒留袖の懐から手紙を出した。三つ折りの便箋が擦れ合う音を、スタンドマイクが拾う。

「明成《あきなり》が生まれたのは今から三十四年前、今日のようにうららかな陽気の日でした」

母の手紙は、新郎への手紙としてはオーソドックスなものだった。生まれた日のことを話し、幼少期からの思い出を語る。参列者の涙を誘う、魂婚式のクライマックスだ。

「このたびは素晴らしいご縁に恵まれて、この子も今頃ホッとしていると思います。ずっと、死ぬときには妹に迷惑をかけたくないと言っていたので」

一瞬、会場中の視線が自分に集まるのを感じて、私は咄嗟に目を伏せた。この場で、新郎の妹である自分がするべき表情というものがどんなものなのかわからなくて、耳の裏が熱くなっていく。

私が正しい反応をできずにいるうちに母の手紙が終わり、新婦側の父親の手紙が始まった。光が遠ざかっていったことに、私はなによりも安堵してしまう。

隣にスポットライトが当たる前よりも一段暗くなったように感じられる視界の中で、私はそっとスマートフォンを取り出し、兄のKonKonのアカウントを開いた。

もう増えることのない、兄の投稿。遡っていくと、兄が遺した投稿の中には私についての話がいくつもあった。

妹には幸せになってほしい。俺は今彼女がいないし結婚する予定もないから、もし急に死んでも上手くマッチングできなかったらと思うと怖い。身内の恥になりたくない。妹が結婚を考えるようになったときに俺の存在が邪魔になったりしたら、死んでも死にきれない――

胸を強く押されたような圧迫感を覚えて、どうすればいいかわからなくなった。

――お兄ちゃんは本当に、私の幸せを願ってくれていた。

「ただ今をもちまして、新郎明成さん、新婦香織さんの魂婚式の結びといたします。それではお二人にはデスティニーロードをお進みいただき、ご退場いただきます。皆様、その場にご起立いただき、祝福の拍手でお見送りください」

手漕《ゴン》ぎボー《ド》ト《ラ》を模した白い棺が、光沢のある青いカーペット上に敷かれたレールの上を滑り出す。両脇に並んだ参列者が投げる色とりどりのフラワーシャワーが、棺に複雑な文様を描いていく。

私は思わず見惚れてしまい、棺が通りすぎたところで強く握りすぎて潰れてしまった花びらを慌てて放った。花びらは棺に届かず、固まったまま床にぽとりと落ちる。

私は遅れて拍手を始めた自分の手を眺めながら、私の幸せとはなんだろう、と考えた。

兄は、いつか私が愛する誰かと結婚することが、私の幸せだと信じていたのだろう。

だから、その日が来たときに私が嫌な思いをすることがないよう、KonKonを使って備えてくれていた。

けれど、私の幸せは、そんなところにはない。

『私はただ、自分が嫌な思いすることより、自分を嫌いになることの方が怖いだけ』

静かな声が頭の中で反響した。

かつて額縁に入れて飾りたいと思った、浅葱ちゃんの言葉。

実際私は、この言葉を印刷して額縁に入れていた。浅葱ちゃんの写真や記事、グッズを供えた祭壇に飾り、日に何度も見返してきた。

口から、声にならない呻きが漏れる。

――なのにどうして、今まで気づかなかったのだろう。

初めから、私が選べる――選びたい道なんて決まっていたのに。

＊

「浅葱ちゃんに死んでほしいって、どういうこと？」

母が怯えた目で私を見ていた。

私は、母の細かな刺繡《ししゅう》が施された銀鼠《ぎんねず》の帯に血がついているのを見つけ、いたたまれない気持ちになる。自分の身体を見下ろすと、買ったばかりの白いワンピースも胸から下にかけて赤く染まってしまっていた。

「浅葱ちゃんって……あなたが好きだとかいうアイドルの子？」

母の手が血まみれのタオルから離れ、私の手からもタオルが落ちる。

現れた左手から、母が弾かれたように目を逸らした。

「あなた、なにを言っているの？」

「お母さん、泣かないで」

「律子、ちゃんと説明して」

どう説明すれば母に理解してもらえるのか、私にはわからない。母を混乱させて、悲しませて、申し訳ないとも思う。

だけどそれでも私の中には、後悔はなかった。

「お兄ちゃんの投稿を見て、思ったの。ああ、私には私の幸せを願ってくれている人がいたんだって」

私が言葉を選びながら言うと、母の目の中にある恐怖の色がわずかにやわらぐ。

「だから、私は私の幸せを選びたいと思ったんだよ」

窓の外から、サイレンの音が聞こえ始めた。母が呼んだ救急車だろう。私は床に落ちたタオルを拾い上げ、血が流れ続けている左手の小指を包み込む。

私は、浅葱ちゃんの死を願ってしまう自分が許せなかった。浅葱ちゃんと結婚するなんて分不相応な夢は捨て去りたかった。

だから私は——兄の魂婚式から帰るなり、包丁で自分の小指を切り落とした。

小指がなくなれば、浅葱ちゃんのKonKonに私のアカウントは表示されなくなる。

ただ純粋に推しを推せる自分に戻れれば、私は自分を嫌いにならなくて済む。

サイレンの音が家の前で止まり、数秒遅れてチャイムの音が鳴った。

私は立ち上がり、空気を深く吸い込む。


ああ、久しぶりに空気がうまい。

ゲーマーの Glitch

どうも皆さんこんにちは、記念すべき第三十回SPEEDRUN WORLD《RTAワールド》2060が始まりました！

実況・解説は私yommy《ヨミー》が担当させていただきます。よろしくお願いいたします。

えー、今大会より新たに動画配信サービスFUNFUN《ファンファン》さんにご協賛いただきまして、RTA《リアルタイムアタック》を初めてご覧になるという方も多くいらっしゃると思いますので、本日はできるだけわかりやすく、ゲーム紹介や用語解説もまじえながら進めていきたいと思っております。

冒頭を飾りますのは、二〇四八年にAmos《アモス》から発売されるや否や、全世界で売り切れ続出の一大旋風を巻き起こした『unnaturals《アンナチュラルズ》：translucence《トランスルーセンス》』。たった二年で発売中止に追い込まれてしまった問題作ですが、未だ根強い人気を誇り、本大会でも定番の競技となっています。

レギュレーションはAny%《達成率不問》、Glitch《バグ技》あり、忘却エンドです。

まずは、今回ご登場いただく走者をご紹介したいと思います。

お一人目は、本大会で三年連続の優勝を果たし、新時代の到来を決定づけたJohn Smith《ジョンスミス》さん。

Smith さんといえば、本ゲーム中盤の山場であるHotel loser《ホテルルーザー》でのバグ技「死に進み」の発見者としても有名な方ですが、前回大会からさらに精度を高め、成功率を八十二%まで上げてきているとうかがっております。そのあまりの精度についた二つ名は「人類の限界を超えた男《TAS野郎》」！　四連覇はもちろん、世界新記録の達成にも期待が高まっております。

　続いては、二〇五六年までの七年間、世界ランキング一位の座に君臨し続けてきた元「絶対王者」tom《トム》さん。五七年にシン・チャートに取り組んで以降は世界の舞台から遠ざかっていましたが、今年の日本予選ではあえてチャートを以前のものに戻して見事優勝。そして今大会では、満を持して再びシン・チャートに挑戦されるとうかがっています。

　二〇五六年十二月に発見されて以降、未だ公式には七人しか成功していないとされている禁断のシン・チャート。tom さんがチャレンジを成功させつつタイトルを奪還するか、それともJohn Smith さんがtom さんとの夢の直接対決を制して世代交代を完全に証明するか。

　カウントダウンの後、ニューゲームを選択してスタート、エンディングムービーが始まる直前の暗転でタイムストップです。

　John Smith さん、tom さん、準備はよろしいでしょうか。――はい、それでは皆さんお待たせいたしました。

『unnaturals：translucence』、Any%、Glitch あり、忘却エンドRTA、スタートまで五、四、三、二、一、スタート！

オープニングはムービースキップが続きますので、その間に本ゲームのご紹介をしておきましょう。

『unnaturals《U》：translucence《T》』は恐怖と郷愁、渇望と驚嘆、寂寥と陶酔——リリース時には「感情のテーマパーク」という宣伝文句がありましたが、まさに看板に偽りなしのホラーアドベンチャーゲームです。

ある日の朝、主人公であるローガンの元に、母親が音声通信をしてくるシーンから始まります。食事の誘いに対し、妻のレイラが人間ドックのためにBrackish Lake《ブラキッシュレイク》へ行っているからまた改めてと断って通話を終えたところで、四八年当時流行していたウェアラブルディスプレイAIEYE《アイアイ》にそのBrackish Lakeで爆発事故が起こったというニュースが流れます。

妻と連絡がつかず、居ても立ってもいられずに郊外の街Brackish Lakeへ向かうローガン。しかし街は完全に封鎖されており、中の状況を警察官に尋ねても調査中の一点張りで埒《らち》が明きません。

業《ごう》を煮やしたローガンが警察の目をかいくぐり、フェンスを越えて中に潜入すると、通りには目を抉《えぐ》られて首をねじ切られた惨殺死体がいくつも転がっていました。

Brackish Lakeでは一体何が起きているのか？

妻は無事なのか？

次々に襲いかかってくる肉塊《にくかい》を倒しながら、情報とアイテムを集めて真相を解き明かし、妻を救出する、というのがメインストーリーになっています。

と説明している間に、John Smithさん、tomさん共に早速街に侵入して最初の肉塊に出会っていますね。

あ、このおどろおどろしい肉塊は近づいてくると何かが焦げたような臭いが漂ってくることから、プレイヤーの間ではＢＢＱ《バーベキュー》と呼ばれています。で、この第一のＢＢＱ——お出迎えＢＢＱなんですが、ゲーム操作を学ぶチュートリアルみたいなものなんで、手持ちのハンドガン五発であっさり倒れてくれます。

既にお二人はケイレブの家で鍵を回収していますね。デスクの引き出しから電池を入手し、クローゼットにかかっている特殊ライトを見つけてカーペットを照らすと〈メモの切れ端〉が見つかるんですが、フラグ管理はありませんので動線的にまずメモを回収してからデスク、クローゼットと回って扉へ向かうのが最短です。

ケイレブは一夜にして廃墟と化してしまったBrackish Lakeの住民で、今この街でどういうことが起こっているのかを教えてくれるガイド的なキャラクターです。

「警察が何とかしてくれるまで隠れていよう」「いや俺はまず妻がいるはずの病院へ行く」などのやり取りを繰り返していると地図をくれるんですが、この世界を知り尽くしているＲＴＡ走者に地図は必要ありません。

ただし、地図をもらわないと玄関からは出してもらえないんですね。このやり取りをカットするためには壁抜け技で家を脱出するしかないので、壁抜けが苦手な方にはちょっと煩わしい存在です。心配してくれるいい人なんですけどね。

壁抜けは、階段の上から二段目の右端に来た瞬間にしゃがみ込み——はい、お二人とも一発で壁抜け成功です。

続いては薄闇に視界を阻まれる外パート。家に入る前は明るかったのにもう夜になっているんですね。ＲＴＡだと数分しか経《た》っていないので不思議な感じです。

ここは本来、持っているライトをつけて周囲を探りながら恐る恐る進んでいくところですが、ライトをつけるとＢＢＱが寄ってくるのでつけずに病院への道を走ります。

みんな大好きスライディングキャンセル《スラキャン》ですね。敵と戦う際と、穴に入るときにしか使わないはずのスライディング。しかしスライディングとキャンセルを交互に繰り返すことで普通に走るよりも速く移動することができるので、長距離移動の際はスラキャンが基本です。

ＲＴＡ技はよく製作側にも予想できなかったと言われることが多いですが、スラキャンについては、製作側も想定していたのではないかと思われます。ベストタイミングでキャンセルすれば画面が安定した状態で進めるのがありがたいですね。

たとえば二〇四一年発売の『暗夜航路』なんかは、スラキャンのたびにひどい画面ブレが起こるので、最速を目指すには酔い止めが必要だと言われていました。ただ、走者自身はそれでよくても、酔い止めを飲んでまでＲＴＡ動画を観る視聴者はなかなかいません。結局『暗夜航路』はＲＴＡ業界では敬遠されがちな存在になってしまいました。

今やＲＴＡ動画を観て面白そうだったら買う、というユーザーも少なくなく、勝手に宣伝してくれるＲＴＡ動画が出なくなるのはメーカーにとっても痛手です。そうしたわけで、AmosさんはＲＴＡ走者の声も汲んで『ＵＴ』を設計してくれたのではないかと言われています。

おっと、ここで一足先に病院に到着したJohn SmithさんがＢＢＱからの攻撃を食らってしまった！

　どうしたことでしょう。本来のSmithさんの実力からすればミスをするようなポイントではありません。憧れのtomさんとの初対戦ということで緊張しているのでしょうか。

　tomさんは予定通り最短で通用口を通過。武器を入手し、並みいるＢＢＱをバッタバッタと撃ち殺しながらエレベーターで三階まで上ります。

　ナースステーションでＩＭ注射をしてダメージを回復したら、今度は階段で四階ですね。四〇九号室に行くとロッカーの中にオリヴィアが隠れています。

　オリヴィアは怯《おび》えきっていますからなかなか出てきてくれませんが、目の前でＢＢＱを一体倒すことで信頼を勝ち取ることができます。

　はい、tomさんが四〇九号室に来ました。John Smithさんは通用口でのタイムロスがありましたので、現在ナースステーションを出たところです。四〇九号室では会話を始める前にライトをつけておくのがポイントですね。会話をスキップしている間にＢＢＱが入ってきてくれるので、さっさと倒して会話を進めましょう。

　さすがtomさん、淀みないですね。判定確認を待つまでもなく会話を再開して〈汚れたカルテ〉を入手。続いてはオリヴィアの同行クエストですが、百メートル以内なら置いていっても勝手についてきますので、容赦なくスラキャンで置き去りにしてＯＫです。

　六階はＢＢＱの数が多く、恐怖と焦りからコントロールが乱れやすいエリアですね。八つ並んだ扉のうち、開くのは左の奥から二番目の六〇二号室のみ。ここで武器を補充したら七階へ移動します。最初のボス戦、グ《G》レイソン・バ《B》ーンズ——通称ニヤニヤさんとの戦闘ですね。

　ニヤニヤさんはサイコキネシスを使い、花瓶や椅子《いす》、注射器やメスを投げてきますが、病室の隅を背にすることで敵からの攻撃の当たり判定が無効になりますので一方的な攻撃が可能になります。——ああっと、ニヤニヤさんがベッド前に出現してしまいました。隅に来るのを待つ間、八秒のタイムロスです。

お、ここでJohn Smithさんも七〇四号室に着きました。Smithさんも隅に移動し——ニヤニヤさんも隅に出現！　素晴らしいですねえ。見事に通用口でのロスを吸収しました。

解説しますと、Smithさんはこのニヤニヤさんの出現位置を乱数調整で固定したんですね。六〇二号室を出てから七〇四号室へ入室するまでのフレーム数の下一桁《けた》によって出現位置が決まります。

地味な技ではありますが、一フレーム——六十分の一秒の間にジャストで実行しなければならない高難易度技で、世界でもここまでの精度で調整できる人はJohn Smithさんしかいないでしょう。「人類の限界を超えた男《TAS野郎》」の二つ名は伊達《だて》ではありません！

さあ、お二人ともほぼ同時に病院を後にします。ここまでのタイムは八分二十九秒。非常に順調ですね。

予定タイムは五十分となっていますが、『UT』は通常約十二時間かかるとされているゲームです。まあ、普通は道に迷ったり、虱潰《しらみつぶ》しにアイテムを探し回ったり、会話の選択を間違えてイベントフラグを折ってしまってやり直したりするものですからね。

しかし、アイテムの位置も攻略に必要なフラグも会話選択によるイベント分岐も知り尽くしたRTA走者にかかれば、どんなゲームも案内板のある迷路でしかありません。

現在の世界記録は四十七分十八秒。ただし理論値では四十五分を切ることも可能となっており、誰が最初に四十五分の壁を超えるのかが注目されています。

病院に来たものの妻を見つけることはできなかったローガンが次に向かうのは、ショーウィンドウが破壊されたアパレルショップ。本ゲーム唯一のリラックスタイムですね。白シャツとベルト、レンチを入手したら、あとはムービースキップの連続、そしてスキップできない回想ムービーが三十二秒間流れるパートです。

神経を使うテクニックが必要とされないので、この不気味なマネキンたちが並んだ空間に来るとホッとして感情がGlitch《バグ》るというRTA走者も少なくありません。

というわけで、そろそろ走者のお二人の頭についているヘッドセットデバイス〈第六感《シックス・センス》〉についてお話ししておきましょう。

今や情動操作型ヘッドセットデバイスはアドベンチャーゲームのデフォルトですが、その先駆けとして登場したのが〈第六感〉です。

『UT』以前のホラーアドベンチャーゲームにおいては、主に視覚と聴覚に訴えることで恐怖演出をしていました。〈第六感〉はさらに脳に直接電気信号を流すことで触覚、味覚、嗅覚も合わせた五感すべてにアプローチするヘッドセットデバイスとして開発された、当時としては画期的な発明でした。

デバイスのリリースと同時に「高い自由度と美麗なグラフィック、そして五感に訴えるヘッドセットデバイスで圧倒的な没入感が味わえる史上最強のホラーアドベンチャーゲーム」という触れ込みで発売されたのが、この『UT』。

発売直後から「こんなに泣けるゲームは初めて」「このゲームをネタバレなしにこれから初プ

レイできる人間が心底羨ましい」などのユーザーの大絶賛が口コミとなって、各国で販売数ランキング一位を獲得する大ヒット作になり、中毒者が続出して社会問題にまでなりました。

しかし皆さんもご存じの通り、このデバイスは単に五感に訴えるだけのものではありませんでした。

冒頭から感じる動揺と不安、BBQの臭いが漂い始めるや否応なしに襲いくる恐怖、妻とのエピソードムービーが流れる間の懐かしさと愛《いと》しさ、通称ニヤニヤさんとの戦闘時に込み上げる謎の笑い、そしてエンディングで包まれるこれまでに経験したことがないほどの感動。

それらは当初、計算し尽くされたゲームシナリオと圧倒的没入感によるものだと思われていましたが、そうした情動を引き起こすような電気信号が脳に送られていたんですね。恐怖を感じるように、泣きたくなるように、感動するように脳をコントロールされていたから、どんな人でも「感情のテーマパーク」を楽しめたわけです。

製作側が極秘にしていたこの事実を発見したのは、発売直後から何度もやり込んでいたRTA走者たちでした。

展開や分岐を熟知し、最速でクリアするためにストーリーそっちのけでムービーもスキップしているのにこんなに感動するのはおかしい、ということで、脳波干渉の事実が明らかになっていったんですね。

新技術の登場に反発はつきもの。時代を先取りした『UT』は残念ながら販売中止に追い込まれ、幻のゲームとなってしまいました。ソフト自体はインストール済の実機の転売で中古市場にもある程度の数が出回っていますが、問題はこの〈第六感〉がメーカーの自主回収により入手困難になってしまったことでした。

RTA走者の中にも〈第六感〉を所有していない、あるいはやり込みすぎて壊してしまったという方は少なくありません。修理しようにも、修理を受け付けてくれるところがないんですね。遊ぶだけなら、現在普及している改良型デバイスでも可能なものの、RTAとしての公式記録は〈第六感〉装着時のものしか認められておりません。

本大会では、何とか人数分の〈第六感〉を入手しましたが、いつまで故障せずに使えるかという不安の声は毎年上がっています。

もしこちらの配信をご覧いただいている方の中に〈第六感〉をお持ちの方がいらっしゃいましたら、どうぞ寄付や貸し出しをご検討いただけましたら幸いです。

お、tomさん、John Smithさんがアパレルショップを出ましたね。心持ちtomさんの目が潤んでいるようにも見受けられます。

このパートでもたらされる感情は、切なさと悲しさ。ものすごいスピードで感情が強制的に入れ替わっていく本作のRTAは、「感情のジェットコースター」と言われています。

ぜひ皆さんには、走者の表情の変化にも注目していただければと思います。

さあ、続いてJohn Smithさんが向かうのは、最初にお話しした「死に進み」が成功するかどうかが見どころのHotel loserです。

Hotel loser――本当の名前はHotel Closerというモーテルですが、看板のCが取れて普通ホテルにそんな名前はつけないだろうという感じのネーミングになっています。

ここでは、八〇八号室に一歩でも入れば九〇五号室のセーフティーボックスの暗証番号のフラグが立つので、まずはエレベーターで八〇八号室へ向かい、即引き返します。

九〇五号室で〈車の鍵〉を入手したら、いよいよ十二階のプールです。

まずは一足先にJohn Smithさんがプールサイドに到着。ブリトニー・ベネット《ダブルB》——通称キノコ頭との戦闘での「死に進み」が成功するかどうかが新記録樹立の鍵になります。

「死に進み」は「死に戻り」を利用したバグ技。「死に戻り」とは、死んだらプレイヤーの座標が拠点などのセーブポイントに移動するシステムで、RTAにおいては移動時間を短縮するために意図的に利用することがあります。

今だとホテル入り口に戻るのが正規の「死に戻り」ですね。

ただ、John Smithさんが発見したこの技は通常とは違い、特定の座標で死ぬことで次の目的地である図書館前に出現することができるバグ技です。

これを成功させると、ホテルからの脱出にかかる時間、そして図書館への移動時間が丸ごとカットできるので、最大一分三十八秒のタイム短縮が可能になります。

発見時には、奇跡の新チャートとして話題になりました。

しかし、ルートがわかってもそう簡単には実行できないのが、この「死に進み」。

なぜかと言いますと、本ゲームでは敵からの攻撃を受けた際に衝撃を感じる仕様になっており、死ぬ瞬間にはさらに強い恐怖と苦痛が与えられるからです。

もちろん耐えられないような強さではありませんが、このゲームをやり込んだ走者ほど本能的に避けようとしたり指先が硬直したりしてしまうんですね。

そんな中で、少しのズレも許されない位置調整をするというのは至難の業《わざ》です。

重要なのは、一度の攻撃で死ねるよう直前のBBQでHP《ヒットポイント》の調整をしておくこと。けれどBBQの攻撃力を決める乱数は複雑すぎるため、意図的にキノコ頭の最弱攻撃一回分だけのHPを残しておくということはできません。うっかり死なないように注意しながらできるだけHPを減らしたら、キノコ頭が一発目から強い攻撃を出してくれるようお祈りするしかないんですね。祈りが届かず一度で死ねなかった場合、攻撃を受けたことでバグ技の成功条件である座標からずれるので、一刻も早く衝撃から立ち直って位置調整をやり直す必要があります。座標が少しでもずれると通常の「死に戻り」になり、移動時間が増えてむしろタイムロスになってしまいます。運にも左右される非常にリスクの高い技なので、なかなか大会で挑戦するにはハードルが高いというのが実情です。

昨年からの一年間をこの「死に進み」の精度向上に費やしてきたというJohn Smithさん。さあ、成功なるか——一回目の攻撃！　けれどまだHPはなくならない！

ここが勝負どころです。「人類の限界を超えた男《TAS野郎》」は人間の本能に抗えるのか——来た、二回目！

——ああー、失敗！　ホテル入り口に死に戻ってしまいました。これです、これがRTAの怖いところです！

運も努力も無情に裏切る。

それでもSmithさんは走り続けます。

失敗の動揺を少しも感じさせない完璧なスラキャン、その指の動き一つ一つに希望を繋ぎます……！

お、John Smith さんの方の実況をしている間に、tom さんは先にスーパーでの妻殺しを完了させたようです。

レギュレーション的に欠かせないミッション、妻殺し。先を急ぎすぎてうっかり妻を殺しそびれたままエンディングを迎えてしまうと、レギュレーション違反で失格になってしまいますから注意が必要です。

――これはラスト近くで明かされる真相ですが、実はこの街に溢《あふ》れている肉塊は全員人間で、ローガンの妻レイラも肉塊の中に紛れているんですね。

この世界では超能力を持った人間が差別、迫害されていまして、超能力者の中には、人間社会に溶け込むことを望んでいる保守派もいれば、自分たちへの不当な扱いに怒りを抱き、自分たちこそが支配者になるべきだと考えている選民派もいます。

強い超能力を持っている選民派は革命を計画していますが、いかんせん保守派の方が格段に数が多く、選民派としても保守派が普通の人間の側についたら計画が失敗してしまうため、実行には踏み切れずにいました。

そんな中、超能力者が密かに Brackish Lake に集められる年に一度の人間ドックの日を利用して、チェスター・コールマンという選民派のリーダーが街一帯の人間に対して「超能力者の姿がおどろおどろしい肉塊に見えるようになる」催眠をかけます。

突然大量に出現した肉塊を前に、恐怖で錯乱する人間たち。チェスター・コールマンはその反応を保守派に見せつけることで、人間との共存など不可能なのだと思い知らせようとしたのでした。

ローガンの妻は、過去知《ポストコグニション》の能力を持っているものの、夫にも能力者であることを秘密にしていた保守派の一人。

選民派が次々に人間を殺していく中、何とかして殺戮《さつりく》を止めようと必死に周囲に呼びかけますが、戦闘能力は常人と変わらないため太刀打《たちう》ちできず、手負いの状態でせめて生き残った人間を逃がそうと奔走していました。

街中でローガンを見つけ、思わず名前を呼びながら駆け寄りますが、ローガンには唸《うな》り声を上げながら襲いかかってくる肉塊にしか見えません。

ローガンが真相を知ったとき、自分がもしかして知らず知らずのうちに妻を殺してしまったのではないかとパニックになるパートが山場の一つですが、一応伏線はきちんと張られています。まず、妻である肉塊を撃った際は、抵抗感を覚える電気信号が脳に流れます。一、二発で撃つのをやめられれば、妻を殺さずに済むんですね。ただ、肉塊に襲われているときは大抵落ち着いて自分の心の動きを観察できるようなシチュエーションではないので、これはなかなか気づきにくいというか、真相を知って初めてそう言えばと思うような伏線です。

あと、すべての肉塊には名前がついていて、倒した敵の情報欄を開くと名前が表示されますので、病院内で閲覧可能な人間ドックの受付票と照合すると、人間ドックに来た人間が肉塊になっていることに気づけるようにもなっています。

ですが、受付票は入手アイテムではありませんし、じっくり閲覧するには辺りの肉塊を全滅させないといけませんから、初回プレイでこの伏線に気づける人は稀《まれ》なのではないかと思います。

どちらかと言えば、これはやり込み要素ですね。フルキルを達成したい場合、受付票をキル・リストとして使うと便利です。

シナリオ的には、妻が何か隠し事をしているらしいことが冒頭のムービーからうかがえるようになっています。また、妻がローガンの過去について言い当て、ローガンが「どうしてわかるんだ」と驚く回想シーンがあるので、そこから妻に超能力があることに気づき、ボスキャラにも超能力があることから関連性を見出す方法もあります。

――えー、tomさんがキノコ頭との戦闘を終えてホテルの出口へと向かっています。

しかしエレベーターに乗り込むまでのBBQの数が半端ないですね――ああっと、これは痛い！

一度予期せぬダメージを食らうと、立て続けにHPを減らされてしまうのがこのBBQゾーン。

それにしても、ここまでBBQが多いことはそうありません。

勝負の女神がバランス調整を行っているのか⁉

――tomさん、何とかBBQゾーンを突破！　しかしこのHPではこの後のチェスター・コールマンとの戦闘を持ち堪えられません。

IM注射をすれば解決する程度のダメージですが、余分なアイテムは入手していないのがRTAです。

今、tomさんは重大な選択に迫られています。

一度でもセーブをすると、シン・チャートへの挑戦ができなくなってしまいます。

けれどセーブしないままチェスター・コールマンと戦って命を落とした場合、ゲームは頭からの再スタートになり、勝つ見込みはゼロになります。

現実的なのは、セーブをしてチェスター・コールマンとの戦闘に臨み、「死に戻り」でHPの全回復を図る方法です。John Smith さんの「死に進み」が失敗に終わった今、それでも十分勝機はあります。

シン・チャート挑戦をあきらめてセーブをするか、あくまでもシン・チャート成功に懸けてIM注射の入手に向かうか。

RTAはテクニック勝負だと思われがちですが、実は決断の戦いでもあります。

特に大会においては、練習通りにはいかないことがほとんどです。自分や対戦相手の状況に合わせてチャートを変更したり、成功率の低いバグ技は飛ばしたりする決断を、どれだけ速く正確にできるかが勝敗を決します。

——おお、tom さんが薬局へ向かっています！

tom さんはシン・チャート挑戦の道を選びました。

絶対に成功させてみせるという強い意志。tom さんは揺らぎません！

タイムロスは二十六秒。痛い遅れではありますが、これが tom さんの信じる最善です。

——はい、ここでシン・チャートについても解説しておきましょう。

シン・チャートとは、ケイレブの家での壁抜け、図書館でのチェスター・コールマンとの戦闘でのダメージを三回にすること、スタートからエンディングまでの間に一度もセーブをしないなどの条件を満たし、Hotel loser の駐車場にある車の車種をローガンと妻の思い出のエコリオン

GT-Xにできたときにスリップという技で車での移動時間を丸ごとカットするルートのことを言います。

このチャートで五十分以内にエンディングを迎えると、「〈第六感〉を装着している走者が最も忘れたいと願っている記憶」が消えると言われています。

PTSD治療としては反復経頭蓋磁気刺激療法《rTMS》によるものがありますが、rTMSは記憶の再固定化をさまたげる――つまり記憶を薄れさせて恐怖と関連づけられないようにするものだったのに対し、このシン・チャートによる記憶消去は消したい記憶自体が完全に意識に上らなくなるというのが特徴です。

ある脳神経学の研究者によりますと、異なる情動を引き起こす電気信号を短時間の間に与えた場合、脳に異変が起こりうる、シン・チャートのみで発動するのは電気信号の組み合わせや順番が重要なのではないか、と言われています。

ただし、シン・チャート時の電気信号を分析して再現しても、〈第六感〉と変わらない使用感を得られるとされている互換機〈非常兴奋《フェイチャンシンフェン》〉を装着してシン・チャートを達成しても、記憶消去は起こらないため、まだたしかなメカニズムは解明されていないというのが現状です。

もちろん製作側としても想定していたことではないと言明していますが、本ゲームのバッドエンドである忘却エンドはローガンが妻を殺してしまったことを忘れるラストであることもあり、この新チャートこそが真のチャートなのではないかという声が上がり、「シン・チャート」と呼ばれるようになりました。

――tomさんは二〇五七年にシン・チャート挑戦を宣言して以降、様々なインタビューで消したい記憶についてお話しされてきました。

ｒＴＭＳによるＰＴＳＤ治療では解決しなかった記憶――それは、学生時代に受けたいじめの記憶だといいます。

校舎や便器、アセロラジュースや鉛筆など、個別の場所や物に対するトラウマはｒＴＭＳで折り合いをつけることができ、フラッシュバックに悩まされることはなくなっても、自分の中にその記憶がある限り、自己肯定感が完全に回復することはなかったのだ、と。

tomさんは中学三年生の頃から八年間、自宅を出ることができなかったそうです。

自室に引きこもって自殺未遂を繰り返していた頃、tomさんは『ＵＴ』に出合いました。

『生きている実感を、このゲームで知った』

『モノクロだった世界に色がついた瞬間の興奮は忘れられない』

これらは、長らく絶対王者として君臨し続けたレジェンド・tomさんの名言の中でも有名な言葉です。

『ＵＴ』は、tomさんの世界を色鮮やかなものへと変え、そして、実際に世界の舞台へと連れ出したのです。

tomさんは二〇五〇年に世界ランキング一位を獲得、以降五六年までの七年間、その座を脅かす人間は現れませんでした。

あるいはもう一年待っていれば、五七年から三連覇を達成することになるJohn Smithさんとの頂上決戦が当時実現していたかもしれません。

しかし、他を寄せつけない独走態勢の中にいたtomさんの耳にシン・チャート発見の報が届いたのは、五六年末のことでした。

シン・チャートであの記憶を消して人生をやり直すために、自分はゲームをやり続け、テクニックを磨いてきたのではないか――記憶消去の話は、まるで天啓のようにtomさんの心に響いたといいます。

世界ランキング一位の座も、それによって得られる広告収入も、学生時代の記憶を消すためなら惜しくない。そう決意したtomさんはすべてを捨て、この四年間、ひたすらシン・チャートの練習に取り組んできました。

所有している〈第六感〉が故障してしまい、普段は互換機で練習されているtomさんにとって、〈第六感〉を装着してシン・チャートに挑戦できる機会は大会しかありません。

さあ、この先の図書館でシン・チャート最大の関門となるチェスター・コールマンが待ち構えています。

チェスター・コールマンはBrackish Lake一帯にいる人間全員に幻覚を見せるほどの強大なテレパシー能力を持った最強のラスボス。

実際の肉体とは異なる形状の姿をしている上に分身まで出すので、攻撃を当てるのが難しい相手です。

しかも一度倒したと思ったら、進化した第二形態に変わります。

外見が一回り大きくなって攻撃が当たりやすくなるかと思いきや、むしろまったく当たらなくなってしまう――これはテレパシー能力の一種、読心術によるもので、こちらの攻撃を完全に読み取っているんですね。

リリース時、プレイヤーは新型脳波デバイスである〈第六感〉を装着していたので、本当に脳波が読み取られているのではないかと考えた人も少なくありませんでした。

でも、何も考えないようにして適当にコントローラーを操作しても、チェスター・コールマンには当たりません。

苦戦していると、チェスター・コールマンは会話の中でヒントをくれます。「おまえの見ている光景はすべて見えている」——つまり、VRのゼロ補正を設定画面でずらせば、見ている位置と攻撃箇所がずれるようになるので攻撃が当たるようになる、というメタ的な仕掛けだったんですね。

ただし、攻撃を当てる方法はわかっても、一筋縄ではいかないのがチェスター・コールマン戦。ゼロ補正をずらすことによって相手から攻撃を受ける際にも思いもよらない当たり判定が発生してしまうので、画面に映っている立ち位置と異なる補正位置を常に把握しておかなければなりません。

もちろん、がむしゃらな戦闘でも多めにIM注射を用意しておけばいつかは倒せるんですが、IM注射の入手時間がタイムロスになってしまうRTAにおいては、常にギリギリを攻めていかなければ勝負できないんですね。

セーフティーネットを用意しておけば安全に進めるけれど、RTAの世界では戦えない。ギリギリを攻めすぎると、死んでしまってIM注射の入手に要する時間どころではないレベルのタイムロスになってしまう。

RTAとは、自分の技術、その日の調子、対戦相手の状況を冷静に見極め、今の自分がどこまで攻めるべきかをリアルタイムで決めていくチキンレースでもあるのです。

　そんな中、シン・チャートで求められるのは、チェスター・コールマンからのダメージを三回にする、というさらにハイレベルな精度。

　シン・チャートの発見者であるLudovic《ルドヴィク》さんは『忘却の恩寵《おんちょう》は自らを追い込み尽くした者にのみ与えられる』という言葉を残していますが、シン・チャートでの記憶消去を達成するためには、まさに紙一重の勝負に自分を追い込み続けていかないといけないんですね。

　しかし、シン・チャートによって忌まわしい記憶が消える瞬間を待ち望んできたtomさんには、迷いはありません。

　まずは第一形態——ヒット！

　シン・チャートを狙う以上、第一形態はノーダメージで倒す必要があります。

　——コールマンが分身する瞬間を狙って二発目もヒット！　もはやこの男を幻覚で惑わすことはできない！

　さらに分身失敗の隙をついて三発、四発と正確に攻撃を決めていきます。

　——五発目！

　第一形態、予定通りノーダメージでクリアです！

　はい、続いて第二形態。スキップできないムービーの間にゼロ補正を調整、tomさん、長く息を吐いて精神を集中しています。

　コールマンからの攻撃——ああ、これはつらい！

　一発目から回避不能な大技、念波が出てきてしまいました。

念波をくらうとHPが半分になってしまいます。絶対条件のダメージはあと二回、どちらも瓦《が》礫《れき》飛ばしをくらってしまえば、残りのIM注射もなくセーブもしていないtomさんはゲームオーバーです。

しかしtomさんはダメージ時の苦痛も物ともせず、瞬時に攻撃モーションに移ります。

一発目ショット！

第二形態では三発のヘッドショット、あるいは六発のショットが必要です。

――二発目はヘッドショット！　素晴らしい！

ここは攻撃を受ける前にもう一発入れておきたい――惜しい！　ギリギリでかわされてしまいました。

体勢を立て直してコールマンからの攻撃に備えます。

――おお！　これはtomさん避けていきますが右手振り下ろしだった！

えー解説すると、最小限のダメージで済む右手振り下ろしと倍のダメージを受けてしまう瓦礫飛ばしの攻撃モーションはよく似ているんですね。違いが出るのが攻撃判定の約〇・二秒前なので、判断してから避けるのでは間に合いません。tomさんは瓦礫飛ばしである可能性を警戒して回避したわけです。

しかし、右手振り下ろしであれば、むしろ進んで受けたいところではありました。これはミスではなく仕方ないことではありますが、こういうことが起こると本当にチェスター・コールマンはプレイヤーの思考を読み取っているんじゃないかと錯覚しそうになりますね。

さあ、気を取り直して三発目の攻撃――ショット！

残りはヘッドショット一発かショット二発です。

コールマンからの攻撃――再び念波だ！

何ということでしょう。

出現確率が一割弱の念波が二回も出るとは、ツイてないとしか言いようがありません。

これでtomさんは、あと一回、右手振り下ろしと薙《な》ぎ払いしか受けられなくなってしまいました。

先ほども申し上げたように、右手振り下ろしの攻撃モーションは瓦礫飛ばしと酷似しているため、実質薙ぎ払いのみを選んで当たりに行くしかありません。

tomさんからの攻撃――ショット！　上手い！

チェスター・コールマン戦だけのタイムで言えばヘッドショットでかたをつける方が速いですが、ここで倒してしまうとシン・チャート要件であるダメージ回数が一回足りなくなってしまうんですね。

こちらからの攻撃を挟んだ方がコールマンからの攻撃が早く始まるものの、ヘッドショットにしてしまうと終わってしまうので、あえて精度を落としたショットを入れたというわけです。

コールマンからの攻撃――あっと、これは瓦礫飛ばしでしたね。回避して正解です。

tomさんの顎から、汗が流れ落ちていきます。

コールマンは攻撃待ちですね。もどかしい時間ですが、もうtomさんから攻撃することはできません。

――来た、薙ぎ払い！

tomさんは三回目のダメージ後、瞬時に反撃してチェスター・コールマン戦に終止符を打ちます。――ヘッドショット！

ついにシン・チャート最大の関門をクリアです！

残るRTA技はスリップのみ。

tomさん、シン・チャート成功に王手をかけました！

さあ、一方John Smithさんもチェスター・コールマン戦に入りました。

Smithさんは痛恨の「死に進み」失敗以降、ノーミスで駆け抜けてきています。執念の追い上げです。

そして、Smithさんのチャートにはダメージ回数の指定はありません。最短でコールマンを倒せれば、まだ勝利の可能性は残っています。

一発目――二発目――三発目！

これはすごい、「人類の限界《TAS》を超えた男《野郎》」、まさにTAS《ツールアシステッドスピードラン》と見紛うようなまったく無駄のない動きだ！

あっという間に第二形態へ突入しました。

多くのプレイヤーを苦しめるゼロ補正ずらし後の位置把握、しかしSmithさんは淡々とヘッドショットをもぎ取っていきます。

Smithさんにかかれば、最強のラスボスもただの肉塊と変わらないのか!?

いや、おそらくそうではありません。

これは、Hotel loserでの「死に進み」特訓の成果でしょう。

来る日も来る日も位置調整――少しのズレも許されない「死に進み」のために位置把握を繰り返してきた日々は、決して無駄ではなかった……！

――tomさんがシン・チャートへの挑戦を宣言し、世界の舞台に登場しなくなった二〇五七年、本大会で初優勝を遂げたJohn Smithさんが勝利者インタビューで口にした「tomさんがいない大会で優勝しても意味がない」という言葉は、物議を醸《かも》しました。

負けたCHEN8《チエンエイト》さんに失礼ではないか、意味がないと思うなら、tomさんが出場しないことはわかっていたのだから辞退すればよかったはずだ――批難の声に晒《さら》されながらも、John Smithさんが発言を撤回することはありませんでした。

tomさんに憧れて『UT』のRTAを始めたSmithさんは、誰を敵に回そうとも、とにかくtomさんを再び世界の舞台に引きずり出したかったからです。

Smithさんは五八年、五九年の勝利者インタビューでも、tomさんへ向けたメッセージを発信しています。

『勝手に引退するなんて許さない』

『俺は来年も、tomさんと戦うのを待ってますよ』

Smithさんにとって、tomさんとの一騎打ちは、まさに悲願。

だからこそ、今日だけは絶対に負けるわけにはいきません。

二発目――ヘッドショット！

これはすごい、こんなにもスムーズなコールマン戦は見たことがありません！

コールマンからの攻撃——念波だ！

Smithさんの顔が、苦痛に歪《ゆが》みます。だが、その指は止まらない。すぐさま攻撃モーションに移り——ヘッドショット！

ご覧ください、これがJohn Smithさんの意地、ヘッドショット三発で最短クリアです！

——いやー、本当にハイレベルな戦いが続いていますね。

私yommy、実況を忘れて見入ってしまいそうです。

このRUNが伝説のものとなるのは、もはや間違いありません。

えー、ここからの十五秒間は、スキップできないムービーが入ります。

肉塊現象の元凶、チェスター・コールマンが倒されたことで見えている世界が一変するシーンです。

そしてコールマンの最期の言葉「どうせこの街は終わりだ」の通り、空爆へのカウントダウンが始まります。

五分以内に妻を見つけ出して街を脱出できなければゲームオーバー。

今回のレギュレーションは妻を殺してしまったバージョンの忘却エンドですので、Hotel loserの駐車場まで移動して車に乗り込んだら一目散に妻肉塊を殺したスーパー前へ向かいます。

一応他のエンドもご紹介しておきますと、殺さずに済んだ妻と再会を果たす再会エンド、戦闘時に麻酔銃しか使わないようにすることで辿《たど》り着けるノーキルエンドがあります。

ただ、二〇四〇年代はプレイヤーのスキルによって見えるムービーが変わるのはアンフェアだとする風潮がありましたので、ノーキルエンドのエンディングムービーは再会エンドと同じもので、ご褒美は周回時にマガジンが無限になるだけです。

それにしても、ノーキルエンドのご褒美がマガジン無限というのは、さあストレスが溜まっただろう、今度はガンガン殺していってフルキルを目指せよと言われているようにしか思えませんよね。

ただしマガジン無限でのフルキルは難易度が大きく下がりますので、通常、フルキル達成という際は周回アイテムなしでのクリアのことを指します。

――はい、tom さんが Hotel loser の駐車場に到着しました。

この赤い車が、ローガンと妻の思い出の車種、エコリオンGT‐Xです。

ここで最後のバグ技、スリップを行います。スリップのやり方は、車の運転席のドアを開けて乗り込む瞬間にスライディング――失敗!

しかしここはやり直しが利きますので、成功するまで挑戦が可能です。

二回目――またもや失敗です!

一フレーム技で狙わなければならないのは約〇・〇一六七秒間のタイミング。人間には到底認識できる時間ではありません。

どれだけ訓練を積み重ねようと、運の要素が消しきれないのが一フレーム技です。

コントローラーを持つ tom さんの手が震えています。

その頬《ほお》を伝うのは汗か涙か。呼吸を整え、慎重に位置調整を行います。

祈りを込めた三回目――ああ、決まらない!

ここでJohn Smithさんが駐車場に到着！

tomさんがSmithさんの画面を確認、すぐさま自らの画面に向き直ります。

もう一度スリップに挑戦するか、それともシン・チャートはあきらめてこのまま進むか。

勝利だけを目指すならば、迷う余地はありません。このまま進めば、tomさんの勝ちはほぼ確定します。

しかし、シン・チャートは長年tomさんを苦しめてきた記憶を消去できる最後の希望。

車へ向かった！　ドアを開けて乗り込みながらスライ――え!?

――すみません、驚きのあまり思わず言葉を失ってしまいました。

たしかに、スリップが成功するかどうかが不確かである以上、RTAとしてはこのまま進む方が最善です。

ですが、こんな事態、誰が予想したでしょうか。

シン・チャートよりも本大会で優勝することを優先するならば、tomさんは世界の舞台から姿を消す必要などありませんでした。

なのになぜ、ここに来てすべてを犠牲にして取り組んできたシン・チャートを捨てる決断をしたのか――

tomさん、John Smithさん、一秒ほどの差でスーパーへ到着しました。

車に妻の遺体を乗せ、Brackish Lakeからの脱出を図ります。

ここから先はRTA技はなく、問われるのは通常のドライビングテクニックのみ。お二人ともベストな動きをするだろうことを考えると、もはやSmithさんが差を縮めるのは難しいでしょう。

たかが一秒、されど一秒。

ＲＴＡにおいては大きな差です。

さあ、この角を曲がれば、車窓に破壊されたフェンスが見えてき——あ！

何と、tomさんがコーナリングを失敗！

Smithさんがわずかに追い抜いた！

ここでタイムストップ！

——John Smithさんの記録は四十四分五十五秒！　見事、世界新記録を更新しての四連覇達成です！


えー、予想外の展開の連続で、私も今、何をどう考えればいいのかわかりません。

本当に、最後まで先が見えない熱い戦いでした。

まずは心を震わせる名勝負を見せてくださったお二人に、感謝の拍手を送りたいと思います。

——それでは、四連覇を達成されたJohn Smithさんにお話をうかがっていきましょう。

John Smithさん、優勝おめでとうございます。

『ありがとうございます』

念願のtomさんとの初対戦を制し、感動もひとしおなのではないかと思います。今のお気持ちをお聞かせいただけますか。

『目的が達成できました』

え?……ああ、そうですね。Smithさんが見事優勝されました。

世界新記録を更新しての優勝、しかも前人未到の四十四分台です。Hotel loserでの「死に進み」の失敗では、かなり動揺されたのではないかと思いますが、プレイ中はどのような心境だったのでしょうか。

『いえ、そこまで動揺はしていません。成功率が八十二%ということは、十八%の確率で失敗するわけで、当然失敗した場合のこともシミュレーションしていましたから』

たしかに、ホテルを出て以降の追い上げは特に素晴らしかったですね。

『俺は、「死に進み」を成功させるためにこのゲームをやっているわけじゃありません。「死に進み」は勝つための手段の一つです』

なるほど。しかし、今大会においてはtomさんがシン・チャートを成功させるかどうかも注目ポイントだったと思います。tomさんがシン・チャートを捨てたときは、どんな思いを抱かれたのでしょうか。

『俺の勝ちだ、と思いました』

ですが、あの時点ではSmithさんの勝利は絶望的でしたよね。tomさんがコーナリングでミスをするのも予測していたと?

『そんなわけないじゃないですか。俺はただ、これでまたtomさんと戦えると思ったんです』

どういう意味でしょう。

『シン・チャートを成功させていたら、tomさんは引退することになっていたんじゃないか、ということですよ』

引退することになっていた？

『いや、実のところさっきまでは、本当に中学時代の記憶を消したいだけの可能性もなくはないとは思ってたんですけどね。でもtomさんは、最後の最後で記憶を消すことよりも勝つための最善を選んだ。それで思ったんです。ああ、やっぱりこの人はもうとっくに過去のトラウマなんかよりゲームの方が大事になっている。この人は生粋《きっすい》のゲーマーで、俺の懸念は間違ってなかったんだって』

――えーと、それはつまり……？

『ゲーマーってのは、絶対に負けたくない生き物なんですよ。目の前にゲームがあればクリアしたくなるし、クリアすれば収集要素や隠し要素も達成したくなるし、オールコンプリートしたら最速タイムを競いたくなる。競う相手もいなくなるほどやり込んでしまったゲーマーが忘れたい記憶なんて一つしかないでしょう。ね、tomさん？』

『バレてましたか』

すみません、ちょっと話が見えないのですが。

『結局、面白いゲームをとことんやり込んだゲーマーが一番憧れるのは、このゲームをネタバレなしにこれから初プレイできる人間だって話ですよ。tomさんも言っていたじゃないですか――モノクロだった世界に色がついた瞬間の興奮は忘れられないって』

二十五万分の一

嘘《うそ》をついたのは、初めてだった。

なぜなら、嘘をつくと消えてしまうからだ。

幼い頃、不治の病に侵された祖母は、ある日突然、「まだ死にたくない」と言って消えてしまった。

小学生の頃、好きな人について訊《き》かれて「鈴木くん」と答えた遠藤さんは、その瞬間、跡形もなく姿を消した。

人が消えても、周りの人は騒がない。嘘をついて消えた人間は他の人の記憶からも消されて最初からいなかったことになるから、誰も疑問にすら思わないのだ。

なのになぜ私は覚えているのかと言うと、「人の消失によって整合性が取れなくなったことを調整する役目」を負った〈津村《つむら》の一族の女〉だからだ。

母はまだ私が言葉を話せるようになる前から、嘘だけはついてはいけない、と繰り返してきた。

絶対に怒らないから、正直に話しなさい。どうしても本当のことを言いたくないときは、黙っていなさい。お母さんはあなたに消えてほしくないの。あなただって消えるのは怖いでしょう？
だから私は、ほとんどしゃべらない子どもになった。私は、絶対に絶対に、消えたくなかった。嘘じゃないなら普通に話して大丈夫なのよと母は言うけれど、何が嘘なのか自分でもわからないときがある以上、話さないに越したことはない。

とにかく会話に参加しようとせず、何かを訊かれてもだんまりを決め込むことが多い私には、当然のことながら友達ができなかった。いや、正確には中学生の頃に一人だけできたのだが、その子は中間テストの前日に「全然勉強してない」と言ったせいで消えてしまった。

人が一人消えると、しばらくして別の人間が新たに出現する。彼らは自分が最初からこの世界にいたと思い込んでいるし、周りの人も入れ替わったことに気づかない。

世界は中の人間を次々に替えて滞りなく回り続け、その回転に乗ることができない私を置き去りにしていく。

高校生になるとき、私はもう決して友達は作るまいと心に決めた。親しくなればなるほど、うっかり嘘をついてしまいやすくなる。好きになればなるほど、相手が消えてしまったときに悲しくなる。

必ず部活か同好会には入らなければならない決まりになっていたから、会員が二人しかいないという鉱物研究会に入会した。

一応、三年生が卒業したことでたった一人だけになってしまったハロウィン同好会——丸一年かけてハロウィンの準備をする——に入るという選択肢もあったのだが、会員が二人だけだと必然的に会話をしなければならない機会が増えてしまうことに気づき、直前で鉱物研究会の方に変えたのだ。

鉱物研究会の活動は、鉱物——宝石ではなく、道端に落ちているただの石——を拾い集めて愛《め》でるだけだという話だった。それなら特に協力しなければならないこともないし、会話も必要にならない。

しかし、この目算は誤りだった。

鉱物研究会の会員は私が入ることで三人になったのだが、そのうちの一人は籍だけ置いているものの不登校中だということで、実質二人で活動をすることになってしまい、しかもたった一人の先輩がものすごくしゃべる人だったのだ。

先輩は鬱陶しいほどに私を歓迎し、一緒にいる間中、延々と話し続けた。こんなにしゃべり続けていたら、うっかり嘘をついて消えてしまうのではないかと案じたほどだったが、先輩は一向に消えなかった。

先輩は相槌《あいづち》すら滅多に返さない私に構うこともなく、本当にいつも楽しそうに、拾った石について話し続けていた。

私はいつしか、先輩の話を聞いている時間が楽しいことに気づいた。気づいてしまうと、先輩が消えてしまったらどうしよう、と不安になった。

だから私は、人生で初めて、津村の一族以外の人間にこの世界の決まりを話した。

嘘をついたら消えてしまうから、気をつけてほしい、と。

先輩はすぐに信じた。

「そっかあ、だからカナちゃんはあんまりしゃべらないんだねえ」

「信じるんですか？」

驚いて訊くと、先輩はきょとんとした。

「だって嘘をついたら消えちゃうんでしょ？　カナちゃん、消えてないじゃん」

「嘘をついたら消えるっていう話自体が嘘の場合でも、消えないと思うんですけど」

「あ、ほんとだ」

先輩は目を丸くし、それから笑った。

「でも、わたしはカナちゃんの言うことだから信じるよ」

そんなことを言っても、先輩は消えなかった。


そのまま一年が経《た》ち、私は高校二年生に、先輩は卒業する学年になった。

先輩と二人だけのときなら、普通の人と変わらないくらいにはしゃべれるようになった私は、ある日、先輩と手を繫《つな》いでいつもの川辺を歩いていた。

この川は、学校がある駅からも家の最寄り駅からも離れているが、面白い石が見つかることが多い。

先輩が渦巻き模様の石を見つけ、私は気持ち悪さを感じるほどに真っ赤な石を拾った。

「目が回るねえ」

「これ、気持ち悪すぎてずっと見ていたくなりますね」

「あ、あれも面白い！」

先輩がはしゃいだ声を上げながら、私の手を離して地面に飛びついた瞬間だった。

私は、ふいに視界が暗くなったのを感じた。

何が起きたのかを考えるよりも先に身体《からだ》が動き、伸びた両腕が先輩を突き飛ばす。

どん、という衝撃と共に、背中にものすごい痛みと熱が走り、視界が真っ赤に染まった。私が拾ったばかりの石のような、気持ち悪いほどの赤。

「カナちゃん！」

先輩の声が、どこかくぐもって聞こえた。

身体を見下ろすと、私の腹に握りこぶしほどの穴が開いている。

――何だ、これ。

「どうしよう、カナちゃん、石が」

いつも笑っている先輩が泣いていた。

ああ、隕石《いんせき》か、と思い至った。たしか隕石に当たる確率は、二十五万分の一だったはずだ。

「やだよ、カナちゃん死なないで」

先輩の言葉を聞いて、そうか死ぬのか、と静かに思った。隕石に当たって死ぬなんて、本当に嘘みたいな話だ。

首を持ち上げているのがつらくなって、冷たい石の上に頬を載せると、先輩が這《は》いつくばって視線を合わせてきた。

――先輩は、泣いているときの顔も綺麗《きれい》なんだな。

せっかく最期なんだし言ってみるかと思って、そのまま口にすると、先輩は、こんなときになにを言ってるの、と怒り出した。怒ったときの顔もかわいいな、と私は思った。

もっと、この顔を見ていたい。

けれどもう、限界だった。

これ以上は、意識を保っていられそうにない。

私が死んだら、きっと先輩は泣き続けるのだろう。自分を責めて、私のことを思い出すたびにつらい気持ちになって、石を愛でることもできなくなるかもしれない。

そして、その先輩を慰めることが、もう私にはできない。

私は、最期の力を振り絞って、口を開いた。

「私、先輩のことが大嫌いです」

身体が急に軽くなるのを感じた。

世界が、先輩の顔が、どんどん薄れて遠ざかっていく。

消えていくときの感覚はこういう感じなのか、と初めて知った。

これで、先輩は私がこの世に存在したこと自体を認識しなくなる。だからもう、責任を感じてつらくなることもない。

願わくは、私が完全に消えるまでの一瞬の間——二十五万分の一秒でもいいから、私がついた最初で最後の嘘が、先輩にきちんと嘘だと伝わっていますように。

残った意識のすべてで祈りながら、私は消えた。

閻魔帳SEO

「まずは蟻を殺していただきます」

クマールがベッドに寝たきりのクライアントへ向けて、低く柔らかな声音で言う。

通気孔付き広口瓶の口部にドリッパーをはめながら「こんなふうに」と続け、フィルターをセットした。バリスタのような手つきでコーヒーの粉を入れ、均《なら》し、熱湯を注ぎ込む。蒸らしに十秒、その後は三回に分けて。

病室内に芳しい香りが広がり、蟻が次々に死んでいく。瓶の半ばまで詰められた砂糖を懸命に掘り進めて巣作りをしていた蟻、サボっていた蟻、弱った蟻、ほとんど動かなくなった仲間の周囲を案じるようにうろついていた蟻が等しく飲み込まれ、瓶の中には大量の死骸が浮いた激甘コーヒーができあがる。

クマールはクライアントの深いしわの奥にある目を覗き込み、瓶を軽く振ってみせた。

「ね、簡単でしょう?」

クマールのこの言い回しを聞くたびに、僕は動画配信サイトに違法アップロードされていた

〈ボブの絵画教室〉を思い出して複雑な気分になる。日本のネット文化に妙に詳しいクマールがこのミームを知らないとは思えないが、ネタとして使っているのかどうか判断がつかないからだ。

僕が最初にこのフレーズを知ったのは3Dプリンタを使って市販のおもちゃを改造する動画においてで、つまりは「どこが簡単だよ」というツッコミまでをセットにしたネットミームの方としてだった。〈ボブの絵画教室〉について調べたのも、一応「元ネタ」を履修しておくかというくらいの気持ちでしかなく——けれど、僕はすぐにボブに夢中になった。

ボブは朗《ほが》らかにしゃべり続けながら、どこかにありそうなのに実在しない場所の絵を描いていた。

観ている者には、彼がどんな光景を描き出そうとしているのかわからない。ここに雲が欲しいですね、ここには川を作りましょうと説明されていても、なかなかその姿が見えてこないのだ。待て待て台なしだよ、やっちまったなボブ、さすがに今回は失敗だろ——最終的には瞠目《どうもく》する出来栄えになることを知っている者たちによる「前フリ」のコメントが画面を埋め尽くす中、ボブは伸びやかに筆やナイフを動かしてみせる。お手本の通りに描く必要なんてありません。私はテクニックをお教えするだけ。あなたの絵なんですから、あなたの好きなものを好きな場所に描いていいんです——

「過去は変えられませんが、好きなように編集することはできます」

脳内で響くボブの声に、クマールの言葉が重なった。

「過去を浄化、未来を清算。清らかな帆を張って、新天地への航海を始めましょう」

クマールはうちの会社のキャッチコピーをなめらかに口にし、蟻入りの瓶をベッドサイドテーブルに置く。

いくつもの管に繋がれ、傾けられたリクライニングベッドに背を預けたままのクライアントは、聞いているのかいないのか虚ろな目をしている。クマールは感情をにじませない完璧な笑顔を作り、鞄から新しい蟻の瓶を取り出した。

「こちらは国内一の分析数をもとに考案した、複数の罪業《ざいごう》を効率的に積み重ねられる方法です」

まるでうちの会社が考案したかのような言い方だが、「我が社が」とは言っていないのがポイントだ。

クマールに目配せをされ、僕は両腕に抱えていた箱を個室内に備えつけられた応接テーブルの上に載せる。

「善行積立機です」

ひと言だけ言って、また病室の隅に戻った。

クマールは応接テーブルの前まで進み、今度はクライアントと少し距離を取った位置から「このボタンを押すだけで一時間以内に一億個の大腸菌が増殖可能です」と説明する。

「簡単に言えば、大量の蟻を殺すことで閻魔帳《えんまちょう》に上位表示される罪業を差し替え、一方で大腸菌の増殖に寄与することで罪業を相殺する善行を積める、というわけです」

そこまで言うと足早にベッドサイドテーブルへ向かい、使用済みの瓶をつかんだ。ドリッパーを外して粉をゴミ箱へ捨て、瓶の中身を洗面所に流す。

「……それで、確実に天国へ行けるのね」

クライアントがしわがれ声を出した。クマールは振り返って肩をすくめ、「これだけでいいなら我々はクビですよ」とおどけてみせる。

「私たちは現時点で効果が実証されている手法をお伝えしていますが、閻魔帳のシステムを維持するためのアルゴリズムは常に大小様々なアップデートをしており、すべてのアドバイスは必ずしも順位の変動を保証するものではありません」

排水口に残った砂糖と蟻の死骸を放置したまま瓶を片づけ、指先についた汚れを病室の壁になすりつけた。

クライアントは微かに顔をしかめてから、探る目線をクマールへ向ける。

「確実ではないのなら、少し料金が高すぎないかしら」

——またか。

僕は病室の隅でため息をついた。

実のところ、こうして契約後になってコンサルタント料についてごね始めるクライアントは少なくなかった。僕自身この業界に入って日が浅く、まだ指導係のクマールに同行する形でしか現場に出たことがない研修中の身ではあるが、それでももう何度もこの場面に遭遇している。

「高いですかねえ」

クマールは間延びした声で言いながら、高級感のある個室を見渡した。

「この部屋に一年もいればもっとかかりそうですが」

「ここには一年もいないでしょう」

余命三カ月の宣告を受けているクライアントが苛立ちをあらわに言い返す。

クマールは「ええ」とうなずいた。

「ですが、死後の世界は永遠です」

たしか日本にはお金は墓までは持っていけないという言葉があるんじゃなかったでしたっけ、と首を傾《かし》げてみせるクマールに、僕は嫌な予感を覚える。

月々十万円プラス必要経費、さらに成功報酬五百万円という額は、もちろん安いものではない。だが、一度は納得して契約した人間がコンサルタントが始まってからごね出すのは、金額の問題以上にそもそもクライアントがこの霊的入口最適化《SEO》業という仕事についてきちんと理解できていないからだろう。

そしてそれは――クライアントに対して業務内容を詳しく説明できないこの仕事の持つある種の構造的欠陥でもある。


今から二十六年前、僕の物心がつく少し前までは、閻魔帳はある種の迷信というか、悪いことをした子どもに言い聞かせるためのおとぎ話のようなものでしかなかったらしい。

最初の顕現が起きたのは、日本時間では一九九八年九月四日の二十三時三十九分十二秒。

その瞬間、全人類は一斉に同じ現象を目撃した。

眠りについていた者は夢として、起きていた者は白昼夢として認識したそれは、一つの天国と七つに分けられた地獄――と言いきってしまうのは、あまりに日本的すぎるかもしれない。たしかに言えるのは世界が八つの階層に分割されているということだけで、どこまでを天国だと解釈するかはそれぞれの国の文化や宗教によって異なるのだから――の光景だった。

誰にとっても初めて見るものだったが、誰もがそこを死後の世界であると即座に理解した。各々が知っている死者——直接の知人だけでなく、政治家や芸能人、重大事件の犯罪者など、一方的に知っている人も含む——の姿があったからだ。

どの階層で生きる人々も、現世とほとんど変わらない姿をし、ごく普通に生活しているように見えた。だが、最上層は光に満ちていて、地獄には光がなかった。正確には、地獄にも時折気まぐれに光が射し込むことはあるのだが、その頻度や強さが下層へ行くにしたがって小さくなっていくのだ。

光の中にいる者たちはみな穏やかに笑っていて、光から遠ざかる場所ほどそこにいる者たちの表情がすさみ、殺伐としていた。地獄では時折現れるわずかな光に亡者たちが群がって争う姿が散見され、顕現を目の当たりにしている生者たちに「亡者にとって光がどれほど重要なものなのか」を理解させた。

見せられる光景は上層から下層へと順に切り替わっていき、ほとんど闇としか言いようのない最下層へと辿り着いたところで、どの母語を持つ人間にとっても同じ意味にしか取れないメッセージが脳に直接響いた。

——〈邪悪になるな《Don't be evil》〉

意識を現実世界に引き戻された人々は、まず周囲の人間との会話によって同じ夢を見たらしいと気づき、あまり時を置かずして、それが全世界的な現象であることを知った。

そして同時に、夢から覚めても残された異変に向き合うことになった。

「自らがこれまでに積んできた罪業と善行の一覧」を見せつけられるようになったのだ。

それは、国や時代によってScore book、あるいは単にScore、记分册、Akte、Libro、книга、Recordなど様々な呼称を持ち、日本では閻魔帳と表現されているが、物体としては存在しないため他人から見ることはできず、拡張現実《AR》のように当人の眼前にのみ浮かぶ。

そこに「邪悪になるな」という超越的なメッセージが加われば、いかな無神論者であろうと見えざる大いなる力の存在と意思を認めざるをえない。

顕現は体感としては数十分間でも、現実時間では一秒にも満たない瞬間的なものだったが、朝や夕方など、移動する人間が多い時間帯に顕現が起こった地域では多数の事故が発生し、これは天から下された罰なのではないかという声が上がった。

それらの地域が「邪悪」だったから、見せしめとして選ばれたのではないか、と。

しかし、これは結局しばらくして否定された。

その後も約ひと月おきに顕現が起き、起こる時間帯はランダムであるらしいことがわかったからだ。

人類は各種乗り物の自動運転化を推し進め、顕現によって起こった事故に対する法律や保険を整備し、顕現発生指数を算定して危険が伴う作業やスポーツの日程を調整するようになった。

世界各国で脳波の読み取りによって閻魔帳をデータ化して研究する機関が設立され、閻魔帳の内容と「死後の行き先」の相関関係が分析されていった。

各宗教団体は顕現と閻魔帳の存在をどう捉えるかで揉《も》め、多くの団体は無理矢理にでも既存の教義を裏づける現象として再解釈していったが、その方向性で宗派が細分化され、信仰を手放す者も少なくなかった。

やがて閻魔帳を読み取る機械《リーダー》の開発が進み、商品化され始めると、今度は閻魔帳データの取り扱いが問題になった。

強権的な国家の中には治安維持の名目で国民に定期検査を義務づける国もあったものの、ほとんどの国では重要な個人情報と見なされ、本人の同意なくデータの収集をしてはならないとする法律が制定された。

けれど逆に言えば、それは同意さえあれば収集できることを意味してもいる。

刑事事件の被疑者になるなど、社会秩序を乱した可能性があるとされた者は強制的に検査を受けさせられることもあったし、結婚相手に閻魔帳の開示を求める親や就職試験で閻魔帳を加味することを匂わせる企業など、あくまでも当人の意思だと言い張れるようにしながらデータを出させようとする行為については、なかなか法で取り締まりきることは難しかった。

また、研究機関は常にデータを欲しがっていたため、金に困って売る、あるいは売らされるというケースも後を絶たず、他国に後れを取りたくない政府もそれを黙認した。

もちろん、家族や恋人の間柄であっても人の閻魔帳を閲覧しようとするのは下品だという風潮はあり、開示を強制する行為は虐待やハラスメントだと糾弾する声もあったが、少なくとも日本においては、閻魔帳は何となくアンタッチャブルなものとして話題にすること自体を避ける傾向が強かったように思う。

だが、二〇一〇年代に入ったあたりから風向きが大きく変わった。

研究が進んだことで、閻魔帳の解析によって生前に死後の行き先が予測できるようになり、さらに行き先を決める判断材料が閻魔帳に上位表示された罪業と善行のみであることが判明した。

つまり、閻魔帳の表示順位を決めるアルゴリズムをハックし、「天国に行けることが判明している罪業と善行」が上位表示されるようにしてしまえば、過去にどんな罪を犯した人間でも天国に行ける時代になったのだ。

積むべき罪業と善行をアドバイスするＳＥＯ《Spiritual Entry Optimization》業者が現れ、ＳＥＯ対策がある程度有効だとわかると、対策のために業者に進んでデータを提供する人が急増した。

さらに、「現時点の閻魔帳では死後どこに行くか」を証明書として発行するサービスを提供する企業が出てきたことで、様々な世代、職業、収入層、犯罪歴の人間のデータが収集されるようになり、アルゴリズム解析の精度も格段に上がった。

人々は閻魔帳データを隠さなければならないものではなく、開示しても問題ないように編集すべきものとして捉えるようになった。ＳＥＯ対策をした人のほとんどが天国へ行けるようになったために閻魔帳が本来の意味ではそれほど重視されなくなり、同時に「天国へ行くコツ」が情報として知れ渡っていったせいで業者が必要とされなくなっていった。

おそらく、そのまま世界が続いていれば、今頃ＳＥＯ業は仕事として成立しなくなっていただろう。

だが、幸か不幸か、ＳＥＯ業の冬の時代は一年も経たずに終わりを告げた。

閻魔帳のコアアルゴリズムがアップデートされたのだ。

ある日唐突に罪業と善行の表示順が激変し、天国に行くと思われていた者が次々に地獄へ堕ちた。これまではあまり問題ではないとされていた罪業が一気に重大な罪だと見なされ、あるいは凶悪指定されていた罪業がほとんど重視されなくなり、それまで有効性を認められていた対応策がほとんど通用しなくなった。

　そして世界各地に直径二メートルほどの大きさの《闇》が現れ、それに捕まったSEO業者が突然死させられる現象が次々に起こった。

　死亡した業者たちに共通していたのは、クライアントに対してコンサルタントをしていた最中に《闇》に襲われたということだった。中でも、リアルタイムリーダーで閻魔帳データを会社に自動送信していた者たちの最終ログを確認すると、罪業欄のトップに表示されていたのは、どれも閻魔帳アルゴリズムのハックに関わる行為ばかりだった。

　さらに、次の顕現において彼らの姿が最下層の地獄で目撃されれば、もはや大いなる存在——そのまま大いなる存在《Great being》と表すか、神《God》と呼ぶか、皮肉混じりにBig Brotherと称すか、あるいは名前をつけることを恐れて〈あれ〉《THAT》と濁すかはそれぞれの宗教観によって分かれたが、日本では略して《G》と呼ぶ人が多い——の意図は明らかだった。

《G》は、システムを乱す罪を何よりも重く、悪質なものだと考えている。

　確実に天国に行くルートが失われたことによって再びSEO業の需要が高まったものの、今度は業者のなり手が不足した。誰だって最下層の地獄になど堕ちたくはないし、いくら高い報酬が得られるとしても即死させられるのでは意味がない。

　それでも、すべての業者が一斉に取り締まられたわけではなく、業務を遂行する際に別の罪業を重ねていれば《闇》の目をごまかせることがわかったため、リスクを承知で業務を続ける者はいなくならず、むしろ「リスクさえ呑み込めばいくらでも儲《もう》けられる」と新規参入する企業も現れた。

僕が勤める株式会社カルマフレンズも、そうして乱立した胡散《うさん》臭いベンチャー企業の一つだ。

ＳＥＯ企業は一人一人の社員のリスク値が上がりすぎないよう業務の細分化を図り、できるだけ人間がＳＥＯ罪を犯さずに済むようＡＩによる自動応答プログラムを組み、どうしても人間が対応しなければならない業務については《闇》の目をごまかすためのマニュアルを作成した。

だから本来は、最も危険があるコンサルタント部の負担を軽減するため、ＳＥＯ業に関する基本的な説明はコンサルタント開始前に契約部の方で終えておくことになっている。

しかし結局、こうして最低限の説明すらろくにされないまま契約が済まされてしまうことも多く、そうなるとしわ寄せを受けるのはいつだって現場なのだ。

「料金にご納得いただけないようでしたら、もちろん今からでもご解約いただいて構いませんよ」

クマールは、クライアントへゆっくりと歩み寄りながら言った。

「ただ、こちらの蟻コーヒーはネットなんかでも天国に行くための方法として紹介されていることが多いみたいですけど、実はこれ、別に罪業欄の表示順を差し替えるのに最適な手法ってわけでもないんですよね」

どうでもよさそうな声音で言い、テーブルから未使用の蟻の瓶を持ち上げる。

「ちょっと待って」

クライアントが慌てたように首を浮かせた。

「さっきあなたも言ってたじゃない。蟻をたくさん殺せば閻魔帳の表示順を変えられるって」

「まあ、理屈としてはそうなんですが」

クマールは、無数の蟻が細い脚を絡ませ合って蠢《うごめ》いている瓶を覗き込む。細かく揺さぶって蟻がもがくのを眺めながら、「でも、これだけでいいなら私はクビだとも申し上げたはずですけど」と続けた。

「だったら何をすればいいの」

「あ、契約続行します？」

クマールが瓶をテーブルに置き直す。

「今うちの業界でまず蟻コーヒーが勧められるのは、これをやって罪業欄がどういうふうに変化するかでその人の閻魔帳の特性を見極めるテスターのようなものだからなんですよ」

窓へと近づき、唐突にカーテンを開けた。

「あれ、見えますか」

クマールが手をかざして見た方向には、小さな黒い点がある。

どん、と僕の心臓が跳ねた。肌が一斉に粟立ち、全身が冷たくなっていく。

「何？」

クライアントは身を乗り出して目をすがめた。

「外に何かあるの？」

「んー、もうちょっと近づかないと見えないか」

クマールは恐ろしいことを淡々と口にし、クライアントを向く。

「正直な話、初回で解約したいっておっしゃる方は少なくないんですよ。まあ蟻コーヒーも大腸菌増殖機もよく知られている手法ですからね。コンサルティングが進むにつれてそれぞれの閻魔帳の特性に合わせたアドバイスになっていくことが理解できていなければ、あとは自分でやればいいと考える方がいるのも無理はないんでしょう。蟻も砂糖もコーヒーも瓶も入手するのは簡単だし、大腸菌増殖機だって今時はAmazonでも一万円以下で買えるんだから。コンサルタント料が高額な理由も——」

笑顔でしゃべり続けるクマールの背後で、小さな点でしかなかった《闇》が急速にこちらへ近づいてくる。

——あれに捕まったら、死ぬ。

それは理屈ではなく、本能的な理解だった。

思考よりも先に身体が反応し、早く、という言葉が声にならなくなる。

早く振り向け、早く気づけ、早くごまかせ——

完全にロックオンされたら間に合わなくなるとわかっているのに、喉が強張って悲鳴を上げることすらできない。

懸命に窓を指さすがクマールはこちらを向かず、クライアントだけを見つめている。

クライアントの肩がびくりと跳ねた。

「お、やっと見えました?」

クマールは腰を屈めて顔をクライアントに近づける。

「見えた！　見えたから！」

クライアントがベッドから這い出ようと身をよじるのと、クマールが煙草を取り出すのが同時だった。

クマールは煙草をくわえてすばやく火をつけ、クライアントの顎をつかんで顔面めがけて煙を吹きかける。

――SEO罪を上位表示から下げるための傷害罪。

バスケットボールほどの大きさにまで近づいてきていた《闇》は、その場で動きを止めた。見失った目標物を探すように、宙をさまよい始める。

「料金についてもご納得いただけましたか？」

クマールは苦しそうに咳き込むクライアントを無表情で見下ろした。

「それとも、もっとご説明した方がいいですか」

クライアントが首を激しく横に振る。クマールは「そうですか」とまるで残念そうに言って、煙草をテーブルに直接押しつけて消した。

僕は詰めていた息を吐き、その場でへたり込む。

クマールは一拍置いて、にっこりと笑った。

「ご理解いただけたようで何よりです」

――こいつ、狂ってんな。

僕は震える膝を手で押さえ、こっそり立ち上がる。

実際のところ、SEO業者が大金を要求する理由をクライアントにわからせるには、《闇》を見せてしまうのが一番手っ取り早いのはたしかだ。

SEO業者を取り締まる《闇》が存在することは知られていても、実際に実物を目にしたことがある人間は少なく——正確には生き残っている人間は、だが——ほとんどの人にとっては実感が伴わないものだからだ。

《闇》は肉眼でしか見えず、写真や映像に残すことができない。

以前、炎上系ユーチューバーの一人が、「話題の《闇》を暴く」と宣言してSEO業者の真似事をする生配信をしたことがあったが、結論としては彼は配信中に亡くなり、《闇》は映らなかった。動画には、何もないところを指さしてやべえやべえと喚き始めた男が唐突にくずおれる姿が映っていただけだった。

話には聞くだけで本当に実在するのかも怪しいと思われがちな《闇》は——けれど実物を間近に直視すれば、誰もが自我を保てなくなるほどの強い恐怖を感じるようにできている。

だが、いくらクライアントの理解が得られれば今後の業務がやりやすくなるとはいえ、そのために《闇》をおびき寄せるなんて、あまりにリスクと効果の釣り合いが取れていなさすぎる。

僕は青白い顔のクライアントから初回コンサルティング終了のサインをもらいながら、やっぱり辞めよう、と何度目になるかわからない決意をした。

病室を出たら、すぐに切り出す。

すみません辞めさせてくださいと頭を下げて、何を言われても、すみませんごめんなさいで押し通す——

イメージトレーニングにもならない夢想をして小さくため息を吐き、クマールに続いて病室を出た途端、

「おまえ、死にたいのか」

クマールに胸ぐらをつかまれた。

俺を殺す気か、ではないのかと思ったところで、僕はようやく自分の閻魔帳の罪業欄に「人に善行積立機《SEO》を薦めた罪」が記載されていたことに気づく。

しかし、それは「傷害罪を傍観した罪」に追いやられ、上位表示には入っていなかった。

――クマールが別の罪業を重ねさせてくれていなければ、《闇》に殺されていたのは僕の方だった。

宙に浮かんだ閻魔帳を前に言葉を失っていると、廊下の壁に押しつけられ、は、という息が漏れる。

クマールは「は、じゃねえよ」と声を荒らげ、さらに拳を突き上げた。

「さっき完全にＳＡＮ値削られてただろうが」

かかとが浮き、僕は思わずクマールの太い腕にしがみつく。

「俺は、《闇》を見ろと教えたか？」

「すみませ……」

「教えたかって訊いてるんだ」

クマールの青みがかった瞳が、目の前にあった。

僕はかろうじて、いえ、とだけ答える。

「どうして見ないか知ってるか」

どうして見ないか――と言葉がオウム返しに脳内再生された。一瞬、何を訊かれたのかわからなくなる。

「知らねえのか」

「《閻》を見ると恐怖で思考力が低下するからです！」

僕は慌てて答えた。つい《閻》を直視してしまったせいでパニックになり、罪業を重ねそこねて命を落とすSEO業者の事故は、毎年何件も起こっている。

だが、クマールは「違う」と言った。

「マニュアルに見るなと書いてあるからだ」

は、と訊き返しそうになったのを、僕はかろうじて呑み込む。

「《閻》を直視するな。コンサルタント中は常に自分の閻魔帳を確認し続けろ。SEO罪に該当しそうな記載が出たら即座に別の罪業を重ねろ。死にたくなければとにかくマニュアルを守れ」

「でも、《閻》をクライアントに見せつけるのだってマニュアルにはないですよね」

今度はつい言葉が口を出てしまっていた。

クマールの眼光が鋭くなり、あ、やばい、と思う。

けれどクマールは鼻を小さく鳴らすと、僕のシャツから手を離した。

ほとんど浮かびかかっていた身体が床に落とされ、一気に重力が戻ってくる。

僕は、身長だけならせいぜい五センチほどしか変わらないのに体の厚みは二倍くらい違いそうなクマールを見上げた。

「いいか、よく覚えておけ」

目の前に指を突きつけられて寄り目になる。

「俺の真似をするな」

「え、指導係なのに？」

クマールは僕を置いて廊下を歩き始めた。僕は離れていく背中を思わず数秒見送ってしまってから、慌てて小走りに後を追う。

疑問を抱いたら口にせずにいられないのは、僕の悪い癖だった。何かが気になると、それを本当に知るべきかどうかが完全に飛んで、とにかく知りたい気持ちだけで一杯になってしまう。

それは、もはや一種の強迫観念のようなものだった。

気になる、から知りたい、へ進むと、知るなら今しかないかもしれない、今知らなければ永遠に知ることはできなくなる、と一気に思考が加速し、ほとんど自動的とさえ言えるような思慮の浅さで身体が動いてしまうのだ。

昔から、両鼻でいっぺんに鼻をかむと耳が痛くなるからやめなさいと言われれば、本当に痛くなるのか試して中耳炎になり、どのくらいの高さから飛び降りれば怪我をするのだろうという疑問を抱いたら、怪我をするまで実験するような子どもだった。

母親には「あんたはいつか死ぬまでやるんだろうね」とため息交じりに呪いのようなことを言われたし、自分でも自分は危なっかしい人間だと認識していたから、就職する際は土木作業員や警察官や研究者など、妙な好奇心を持てば命の危険に繋がりかねないような仕事ではなく、高校の英語教師という「無難」な職を選んだはずだった。

だが、結局僕は――この悪癖のせいで、ＳＥＯ業なんて第一級危険業に就かなければならなくなっている。

僕が今の会社に転職したのは二カ月前、闇金業者に「SEO業者になるか内臓を売るか選べ」と迫られたからで、闇金業者がわざわざ「転職支援」をしてくれたのは、裏カジノ通いにハマったせいで高校教師の給料ではとても返済しきれない額の借金を背負ったからだった。

最初のきっかけは、約一年前、当時の職場の同僚と飲みに行った流れで初めて裏カジノに連れて行かれたことだった。

自分がギャンブルに熱中しやすいタチなのは予想がついていたから、学生時代はどれだけ友達に誘われても手を出さなかったし、酔って自制が利かなくなるのが怖いから、深酒はしないようにしていた。

けれどその日は、どうしても飲まずにはいられない気分だった。

顧問をしていた体操部の部員が「顕現発生指数により定められた練習禁止期間」中に勝手に自主練をしていたことが発覚し、インターハイへの出場停止処分を受けたのだ。

もっときちんと指導をしていれば、と思わずにはいられなかった。日頃から練習を見ていたのだから、彼らが大会前に練習できないことに対して焦る気持ちは痛いほどにわかっていた。わかっていながらフォローしきれなかったのは、練習内容についてはすべてコーチに任せてしまっていたからだ。

競技経験者ではない自分は技術的なことには口を出さない方がいいだろうと思っていたが、部員たちから話を聞き、練習に代わるトレーニングをコーチに提案することくらいはできたはずだった。なのに僕は何もせず、泣きじゃくる生徒たちにろくな慰めの言葉さえ言えなかった。

そして、自分に嫌気が差して鯨飲していたところで同僚から「気晴らしでもしようぜ」と囁かれ、ついうなずいてしまったのだった。

ルーレット、バカラ、ブラックジャック、ビッグシックス、大小など、様々なゲームがある中で、僕がのめり込んだのはポーカー――特にミシシッピスタッドポーカーだった。

プレイヤーには二枚の手札が配られ、残り三枚のコミュニティカードは最初はテーブル上に伏せた状態で置かれる。

コミュニティカードを一枚開くごとに賭け金を増すタイミングがあり、そこでの選択によって配当が大きく変化するのが醍醐味のゲームだが、僕はすぐに、自分のカードが何であるか知りたいという欲求を抑えられない自分と向き合わざるをえなくなった。

見えないだけで既に自分の運命は決まっている、というのがポイントだった。

他の参加者の出方によって新しく入手できるカードが変わりうるブラックジャックや手札を交換するタイプのポーカーでは、かろうじて欲求を抑えてフォールドすべきかどうかを判断することもできたが、ミシシッピスタッドポーカーでは冷静さのかけらも保てなかった。

どれだけ期待値が低いことはわかっていようと、次の札を確認したいがためだけにベットし続けてしまうのだ。

引くべきところで引けない僕は大幅に負け越し、けれど強い高揚感があった。

見たいのに見られないという抑圧と見られたという解放が交互に、しかも毎回激しい葛藤と衝撃を伴ってやってくるのだから。

やがて僕は、勝つためではなく高揚感を得るために毎日仕事帰りにカジノに立ち寄るようになり、周囲の客から「絶対降りないやつ」と見なされると、徹底的にカモられるようになった。それでも、どうしてもカジノへ足を運ばずにはいられなかったから、仕方なくバカラをやるようになった。

バカラでは、バンカーかプレイヤーのどちらが勝つか、あるいはタイで終わるのかをゲーム前に賭けるだけで、僕自身がゲーム中に判断を迫られることはない。追加ベットをしなくても結果が見られるから無闇《むやみ》にベットしすぎてしまうこともなく、資金が足りないせいで自分のカードを確認できないまま終わってしまうこともない。

何より、バカラで軍資金をすってしまえば、ポーカーをやらなくて済む。

タイに賭けるのが確率計算的に不利であることはすぐにわかったので、僕は淡々とバンカーかプレイヤーかに賭けていった。右、左、右、左、左、左、右。同僚から勧められた戦略で賭け金を決め、ただひたすら前回勝った側に賭け続けながら、カードをめくる際の絞りで擬似的に抑圧と解放の欲求を満たしていった。

大量に分泌され続ける脳内物質は思考力を低下させてくれたし、勝敗に一喜一憂する自分を健全だと感じることもできた。

だが、次第に僕は、戦略に基づいて自動的に賭けていくやり方に物足りなさを覚えるようになっていった。負ければ後悔と虚しさに苛《さいな》まれるし、勝っても興奮が続かない。

僕は八回連続で負け、九回目に直感に任せて選んだら勝てたことで戦略を手放し、一回の勝負に賭ける金額に制限をかけなくなった。

たった一分の勝負で月給三ヵ月分を稼いだこともあれば、外車が買える金額を失ったこともあった。大勝ちすると、自分を構成する細胞の一つ一つが祝福されているのを感じた。大負けすれば、世界から一瞬にして押し出され、音が消え、地面が傾き、視界が歪み、全身から冷や汗が噴き出した。

特に負けたときの身体感覚の変化は凄まじかった。見えるものすべての輪郭が異様なまでにくっきりと浮かび上がり、全身を駆け巡る血流が鮮明になる。

生きている、と生まれて初めて言葉にして思った。

自分の肉体が、五感が、今この瞬間まで生きてきた自分という存在の歴史が、一つの大きなうねりの中で意味あるものとして配置され直すような感覚。

けれど同時に、このまま続けていれば死ぬしかなくなるだろうという予感もあった。実際に死んだ人の話も何回か聞いた。あんたはいつか死ぬまでやるんだろうね。母親の声を耳の奥で反響させながら、僕はどの地獄に行くのだろうと痺《しび》れた頭の片隅で考えていた。

現代社会において犯罪だとされるようなことをしたのは賭博《とばく》が初めてで、《G》は賭博を悪だとは捉えていないのか閻魔帳の罪業欄に賭博は表示されていなかったが、僕にはどうせ天国には行けないだろうという諦念があった。

高校生の頃、友達と遊びでSEO業者に閻魔帳データを送って証明書を発行してもらったときには〈第二地獄行き〉という微妙な結果が出たし、まあそれでもいいかと思っていたからだ。

どの階層も、僕にはそれほど変わらないものに思えた。地獄といっても、最初の顕現前に存在したという迷信のように、獄卒に一方的に大釜で煮られることも針で刺されることもない。争いなら、現世にだって嫌になるほどある。

みんなが天国へ行きたがるのは、単にそこが天国だとされているからだという気がしていた。天国へ行った人は正しかったことになり、地獄へ堕ちた人は悪人だったことになるから、区分にこだわるだけなのではないか、と。

僕は自分が死んだ後にどう解釈されるかなどどうでもよかったし、そんなことのために現世を怯《おび》え続けて過ごさなければならなくなるのも御免だった。

ただ、死ねば二度とこの身体感覚は味わえなくなるということだけがつまらなかった。

だから僕は、完全に借金で首が回らなくなって闇金業者からＳＥＯ業を紹介されたときは、絶望しながらもどこかで助かったという思いも抱いていたように思う。

これでもう、とりあえず借金を返し終わるまではカジノに行けなくなる。

そして無事に返し終わったら、またしばらくは生きられるようになる、と。


僕は高校を退職した翌日からカルマフレンズで働くことになり、入社と同時に最も危険度が高く、人が居着かないという噂の第三コンサルタント部に配属された。

部長の麦野さんから分厚いマニュアルを渡され、それを読み終わるよりも早く「そろそろ現場にも出てもらおうかな」と言われ、「何をどうすればいいかわからないんですが」と慌てて言うと「大丈夫、指導係がいるから」とクマールを紹介された。

スーツの上からでも筋肉の分厚さが窺《うかが》い知れるクマールは、「わからないことは何でも聞いてくれ」と力強く言って、僕に名刺を差し出してきた。

僕は反射的に「よろしくお願いします」と頭を下げながら受け取り、やたらと長いフルネームの上に〈分析部　部長〉という文字を見つけたところで顔を上げた。

「え、コンサルタント部の先輩が指導してくれるんじゃないんですか」

「うちは人手不足なんだって」

麦野さんは肩をすくめ、「第一と第二はそうでもないんだけどなあ」とため息を吐いた。

「ちなみに、第一コンサルタント部は天国行き免状が発行できるように短期間の調整を行う免状コース専門、第二コンサルタント部は長期的な閻魔帳管理をサポートするサブスクリプションコースを担当している。第三コンサルタント部は最終編集コースだ」

すかさずクマールが説明してくれたが、聞きたいのはそんなことではない。

「第三だけハードすぎんだろ」

麦野さんが唇を歪めてつぶやき、「そうそう」と僕を見た。

「言っとくけど、うちも基本給は第一、第二と変わんないからな。稼ぎたいなら現場に出て危険手当と成功報酬ボーナスをもらわないと」

「五千兆円欲しいよな」

クマールがボケたのか本気なのかわからない口調で言い、にっこりと笑いかけてくる。

はあ、と相槌《あいづち》を打つと、クマールは「第三コンサルタント部はこの仕事の要《かなめ》だ」と妙に朗々とした声で言った。

「いくら天国行き免状がもらえても、長期的にコントロールできていても、結局死後の行き先を変えられなければ何の意味もないからな」

それはそうかもしれないが、なぜ分析部の部長自らが出てくるのかの答えにはなっていない。

専門知識は必要とされるものの、ただ閻魔帳を分析するだけならSEO罪にはならないからそれほどリスクもなく、固定給で高い報酬がもらえる分析部は、社内でも羨望のまなざしを向けられるエリート揃いの部署だ。

三十五歳にしてその分析部の部長という勝ち組の見本のような立ち位置に就きながら、わざわざ進んでやりたがる人間などいない第三コンサルタント部の新人教育を担当するなど、どう考えても正気の沙汰ではない。

クマールが分析部の部下から呼ばれて席を外した隙に、「大丈夫なんですか」と小声で尋ねると、麦野さんは「変わった人だよな」とこれまた答えになっていない答えを口にした。

「まあこっちは助かるけどどさ」

このまま部長職も兼務してくれないかなー、と続けて、肩をゴキゴキと鳴らす。

「兼務なんてできるんですか？」

「できるんじゃないの？　俺が部長になったのだって、みんなが辞めすぎてうちの部で一番社歴が長いのが俺になっちゃったからってだけだし」

「……参考までに聞きたいんですけど、勤続何年なんですか」

「五年」

——聞かなければよかった。

「ちなみに理由とかはあるんですか」

「うち、弟妹が多いんだよ。普通の稼ぎじゃとても大学まで行かせられないから」

「いえ、あの人がこの部署を手伝う理由です」

麦野さんはムッとしたような顔をしたものの、すぐに、んー何だっけな、と首を傾げた。

「あ、俺が部長会議でうちの部は人が辞めすぎてもうダメですって言ったら、じゃあ手伝いますよって」

「聖人ですか」

軽口として言ったつもりだった。だが、麦野さんは「そういやあの人バラモンらしいよ」とうなずく。

「バラモン……って何でしたっけ」

「俺もよくわかんなかったから調べたら、司祭とか僧侶とか書いてあった。何か、カースト制の一番えらい階級の人？　もう棄教したから今は違うらしいけど」

「ああ」

学生時代に世界史の授業で習った記憶はうっすらあった。たしかカースト制自体はとっくに廃止されているものの差別は残っているとかいう――と、そこまで考えたところで、ハッと顔を上げる。

「それ、勝手に人に言って大丈夫なやつですか」

「あ」

麦野さんが口元を押さえた。

次の瞬間、麦野さんの目の焦点が合わなくなり、開いた唇から「てめえのせいだろうが新入りが生意気なんだよ殺すぞ」というドスの利いた声が飛び出す。

麦野さんはぱちぱちとまばたきをし、僕に視線を戻した。

「悪いな、サンキュ」

混じりけない笑顔を向けられ、僕は「あ、いえ」と返しながら一歩後ずさる。

彼が何をしたのかは、説明されなくてもわかっていた。閻魔帳を確認し、罪業欄に「人の秘密を勝手に暴露した罪」という比較的重い罪が上位に上がってきていたから、新たに「脅迫罪」を犯して表示順序を入れ替えたのだろう。

しかしそうとわかっていても、単に「殺すぞ」だけではなかったこととの意味をつい考えてしまう。

麦野さんは「これはみんな知ってることだからたぶん言っていいと思うんだけどさ」と前置きしながらも、念のためというように煙草に火をつけ、僕に煙を吹きかけた。受動喫煙の強制による「傷害罪」。

「あの人、インドにいた頃はレスリングのオリンピック代表選手だったらしいんだよね」

僕は予想外なのに納得感はある経歴に何と相槌を打てばいいのかわからなくなり、とりあえず「すごいですね」と無難に返す。

「だろ？　なのに何でうちの会社なんかにって思うじゃん？」

麦野さんはフロアを見渡し、「父親が第五地獄に堕ちたせいで代表から外されて、コーチ殴ってクビになったんだって」と続けた。

僕の頭の中に、そういう噂を広めるのはやめた方がいいんじゃないですか、という言葉と、どうして父親が第五地獄に堕ちると代表から外されるんですか、という言葉の両方が浮かぶ。

結局後者を口にすると、麦野さんは「ひどいよな」と楽しそうに笑った。

「でも、ヒンドゥー教って前世の業で現世カーストが決まるってことになってんだろ？　カーストが一族単位なんだったら、来世の行き先でその人と家族の評価が変わるってのも、ある意味筋が通ってるじゃん」

麦野さんはシャツの胸ポケットからスマートフォンを取り出し、すばやく操作してから僕に画面を向ける。

「ほら、見ろよ。ネットにも記事がある」

〈金メダル最有力候補に突然の悲劇！〉と題された記事には、現役時代のものらしいクマールの写真があった。

今よりも十歳以上若く、カメラに向かって二の腕の筋肉を見せつけるようなポーズを取る姿はあどけない。

その笑顔に、ふいにインターハイに出場できなくなって泣いていた生徒の姿が重なり、僕は咄《とっ》嗟《さ》に画面から目を背けた。

「だからあの人、うちの会社に入ったときは普通にこの部署配属だったらしいんだよ。なのに、いつの間にか分析の勉強して資格まで取って、今や部長だってんだからさあ」

元々いいとこの大学出てるエリートではあったらしいけど、それにしたってずるいよな、とぼやく麦野さんに僕は何も言い返さず、けれど僕の閻魔帳に新たな罪業は表示されない。

人の悪口を聞き流すことは、罪にならないからだ。

僕らは幼い頃から、《G》は世界をより善いものにするために閻魔帳を作ったのだと教えられる。閻魔帳が善悪を教えてくれるから、人は迷いなく、正しく生きられるのだと。

だが実際には、人類は閻魔帳に表示されないことなら平気でするし、表示されても反省はしない。

むしろ、閻魔帳が見えるせいで罪業を増やしてさえいる。

「ま、とりあえず辞めんなよ」

麦野さんは適当に締めくくって煙草を揉み消し、自らの閻魔帳を確認するように虚ろな目をした。舌打ちをし、「ふざけんなよクソが」と吐き捨てる。

それが僕へ向けられた言葉なのか、閻魔帳の内容に対する単なる感想なのかは、僕には判断がつかなかった。


クマールとの仕事はトラブル続きだった。

なぜなら、ＳＥＯ業ではほとんどトラブルしか起こらないからだ。

コンサルタントを行うたびにクレームが来るし、クライアントが危篤になったという報が入れば夜中の何時だろうと現場へ向かい、最終調整作業に取りかかる必要がある。クライアントが亡くなれば遺族の心象を少しでもよくするために葬儀に参列し、顕現が起こったら何をしている最中でも意識を切り替えて担当クライアントの行き先を確認しなければならない。

そしてそもそも、ＳＥＯ業は業務自体が本質的に不測の事態を孕《はら》んでいる。

ＳＥＯの歴史は《Ｇ》とＳＥＯ業者のイタチごっこの歴史だ、というのはよく言われることだが、ＳＥＯ業者がシステムの穴を突いてクライアントを本来行くべき場所とは異なる階層へ行かせてしまうから、《Ｇ》はアルゴリズムをアップデートせざるをえなくなり、アルゴリズムが変わるから、ＳＥＯ業者も新たなハックのやり方を模索せざるをえなくなる。

どれだけ細心の注意を払おうと、アップデートによって対策が無意味になる可能性は常にあり、コンサルタントが失敗に終わるリスクはゼロにはできないのだ。

だからこそ、契約書には通常、クライアントの志望先を第三志望まで記載することになっている。

成功報酬額は顧客を第何志望の階層に行かせられたかで変動し、第一志望なら五百万円全額、第二志望なら三百万円、第三志望なら百万円、それ以下の「全落ち」ではゼロだ。

だが、成功報酬ボーナスが得られないことよりも怖いのは、遺族から訴訟を起こされることだった。

裁判になれば、企業側の分析、コンサルタントに落ち度がなかったかを徹底的に調べられ、念のため撮っているだけで普通ならば誰かに見られることもないコンサルタント中のやり取りも、すべて法廷で明らかにされる。

もちろん、クライアント側が指示に従っていたかどうかも故人の閻魔帳で調査されるから、必ずしも慰謝料を支払わなければならなくなるわけでもないが、業務性質上丁寧な説明をしたとは言いがたいコンサルタント側は不利になることも多い。

数年前までは契約書に「結果に対して責を負わない」と明記することで訴訟リスクを軽減して

いたらしいが、月々のコンサルタント料だけを目的に安易に天国行きを保証してまともなコンサルタントを行わずに逃げきる悪徳業者《ブラックハット》が出てきたため、そうした免責条項は入れられなくなったのだという。

分析部はクライアントの申込時の閻魔帳から現実的な目標ラインを決めるものの、契約部は契約数を増やすために高めの目標設定を提案したがる。けれど分析部としてもあまりに無理がある目標設定は認められないから、最終的には両者の協議の上、「少し大変だが頑張ればクリアできるライン」が設定されることになる。

そのため、全落ちは稀だとしても第二、第三志望行きになってしまって遺族からクレームを入れられることは少なくなく、そのたびに分析部の仕事もコンサルタント部の仕事も理解しているクマールが率先して対応することになり、僕も勉強として現場に同行させられることになるのだった。

「このたびは第二地獄行き達成、おめでとうございます」

クマールはまず第一声で、遺族を祝福する。

当然遺族は、第一志望の場所に行けなかったのに何がおめでとうだと怒り出すが、そうするとクマールは、さも不思議なことを言われたというように「え？」と驚いてみせる。

「本来ならば第四地獄に行くはずだったのに、奇跡的に第二地獄に行けたんですよ？」

「奇跡って……それはおまえたちがお袋に無茶苦茶なことをさせたから……」

「ええ、お母様は本当にご立派に努力してくださいました」

クマールは感動を抑えきれないというようにうなずき、「ここだけの話、これほどきちんとやり遂げてくださる方はなかなかいないんですよ」としみじみ言い添える。

「コンサルタントの際にも芯が強い方だと感じていましたが、改めてすごい方だなと驚きました」

「いや、おまえ……」

「行き先を二階層も上げるのは至難の業ですので、正直なところ、私どもとしましてもやはり第三地獄が限界かと案じていたんです。ですが、ご覧ください！　このお母様の笑顔！」

言いながら見せるのは、第三者機関に脳波読み取りデータを送って発行してもらった顕現再現画像だ。ＳＥＯ企業御用達の会社だけあって、見ようによっては笑顔に見える瞬間をきちんと切り取っている。

「私としても、こうしてお母様の幸せそうなお姿を拝見できて、今回お母様の新しい門出のお手伝いをさせていただけたことを光栄に感じております」

僕はもはやどういう表情をしていればいいのかわからず、顔を伏せるしかない。

また、この方法が通用しない遺族には、逆に自ら裁判をほのめかしてみせることもある。

「私どもとしましては、たしかな実績がある分析と手法でアドバイスをさせていただきましたが、それでもご納得いただけない結果になったとなると、新たなアルゴリズムアップデートが入ったか――あるいは、亡くなる直前によほどの罪業を積まれた可能性が否定できません。契約書に記載されている額をお支払いいただけないようでしたら、お客様の重大な個人情報を晒すような形になってしまい大変心苦しいのですが、やはり法的な場で第三者に調査してもらうしかないかもしれませんね」

大抵の遺族は、故人が積んだかもしれない「よほどの罪業」を公の場で調べられるのは外聞が悪いと考えて引いてくれるというわけだ。

だが、それでも引かない相手はいる。

故人の名誉やプライバシーよりも金銭的な損得を重視し、出るところに出るぞと脅せばこちらが裁判で負けることを恐れて料金を割引、あるいは免除するのではないかと考える人たちだ。

実際のところその目算は間違っていないのだが、クマールは彼らに相対するときが最もいきいきする。

閻魔帳アルゴリズムについての専門知識をまくし立て、これは敵わないかもしれないと思わせるのだ。

「閻魔帳アルゴリズムは、様々な要素や基準が複合的に絡み合った非常に解析が困難なものです。最初期には単純に罪業数と善行数の比較によって行き先が決まる時代もありましたが、その後時系列に重きを置くアルゴリズム――これは更生可能性に期待して組まれたものでしょう――、同種罪業・善行の回数に注目するアルゴリズム――これは、回数が多いのならそれがその人の本質をあらわす主要なものなのだろうという理屈ですね――、一回の罪業・善行でも影響を与えられた人間の数が多いものを上位表示するアルゴリズム――こちらは駆け込み乗車やSNS上での虚偽、暴言などが代表的です――などが追加され、さらにそこに現代社会の倫理観とは異なる罪の軽重の概念が反映されるため、閻魔帳分析専門の教育を受け、次々に判明する新情報を更新した者にしか解析できません。我が社では国際的なOMC基準を満たした者だけが分析に従事できる規定となっており――」

クマールはクライアントの遺族がどんな相手であろうと、契約で定められた分の成功報酬は満額回収しようとする。

僕が「今回はやめておきましょうよ」と訴えても、「成功報酬ボーナスがゼロになってもいいのか」と怪訝《けげん》な顔をし、「大丈夫だって、最悪殺されるだけだから」とヤニで黄ばんだ歯を見せて笑う。


あるとき、残業中に麦野さんからクイズを出されたことがあった。

「クライアントが全落ちしたとして遺族から一度は成功報酬の支払いを拒否されたものの、最終的には全額支払ってくれました。なぜでしょう？」

「……いつもの感じであの人が納得させたんじゃないですか」

クライアントに対する謝罪メールを作っていた僕は、ため息をつきながら適当に答えた。僕らの間では、「あの人」と言えばクマールのことになっている。

「違う。あの人はそのクライアントには会っていない」

麦野さんは僕の机に腰かけ、「ヒントやろうか」と顔を覗き込んできた。僕は身体を傾けてパソコンの画面を見る。

「クライアントが富豪で気前がよかったんじゃないですか」

「最初は支払いを拒否してたって言ったただろ」

麦野さんは不満そうな声を出した。真面目にやれよ、と言われ、おまえがな、と言いたくなる。

「むしろこのクライアントはお金に困っていて、できるだけ払いたくないと思っていた」

「わかりました、ヒントください」

とにかく早く終わらせたかった。仕事がないなら先に帰ってほしい。

だが、麦野さんは声を上げて笑った。

「今のがヒントだぞ」

「は？」

「しょうがねえな。もうちょっとヒントやるか。――この事件以降、顕現時のクライアントの確認方法に脳波読み取りが加わった」

「もう勘弁してくださいよ」

「何だよ、降参か」

麦野さんは舌打ちをした。

「んじゃ答えな。『遺族とコンサルタント担当者が手を組んで、キックバックをもらう見返りに嘘の報告をしていたことが判明した』」

どうだ、というように顔を向けられる。どうもこうもない。

でもとりあえずはこれで終わりか、と思ったところで、麦野さんが「第二問」と続けた。

「まだやるんですか？」

「クライアントが全落ちしたとして遺族から一度は成功報酬の支払いを拒否されたものの、最終的には全額支払ってくれました。なぜでしょう？」

僕は頭が痛み始めるのを感じて、こめかみを押さえる。

「さっきと同じじゃないですか」

「こっちは比較的最近の事例だから、脳波読み取りで担当者以外も確認している」

麦野さんは楽しそうに口角を上げた。

「まあ、これはノーヒントじゃ無理かもな」

「じゃあヒントくださいよ」

黙らせるのが無理なら、せめてさっさと終わらせた方がいい。

「なら五秒以内に答えろよ。ヒント、ミステリ小説でこれをやると怒られる」

「どういうことですか？」

「ほら、五、四、三、二、一」

「そっくりさんでもいたんじゃないですか」

「答えは、『顕現時に地獄で目撃されたのは、クライアントの双子の兄だった』」

麦野さんは「大体正解じゃん」と僕の背中を叩き、「ちなみに、どっちの真相を見破ったのも『あの人』ね」と、分析部のフロアを指さした。

「一件目は、コンサルタント担当者の社員証を盗んで社内コンピュータの閻魔帳データを無断チェックして、虚偽に関する記載を見つけ出したらしい」

「すごいですね」

「そんでもって二件目では、某国の管理システムをハックしてクライアントの閻魔帳と上位表示がまったく同じ人のデータを探し出し、どうやっても第四地獄には堕ちえないと証明することで遺族に自白させた」

「あの人、そんなことまでできるんですか」

さすがに驚いて素直な感想を口にすると、麦野さんは「な」と僕の肩に手を置く。

「そんな能力と度胸があるなら、もっと意味がある使いみちがいくらでもあるだろ」

麦野さんは嘲笑交じりに言ったが、僕も内容自体には同意だった。

やはり、クマールはイカレている。


カルマフレンズで働き始めて五カ月目、業務の一環として臨まなければならない四回目の顕現が来たとき、僕はクマールと共に社用車の中にいた。

運転中で、左折するところだった——と言葉にして考える。

それは幼い頃からの癖だった。どうせ顕現から覚めたときには車は自動制御で停まっているはずだが、それでも直前まで自分が何をしていたかを認識し直しておかなければ落ち着かない。

顕現は、いつものように途方もなく大きな真っ白いキャンバスから始まった。

山や樹や道や建物や人が唐突に浮かび上がり、徐々に輪郭が濃くなって焦点が定まっていくのとシームレスに世界が動き出す。

無声映画のような顕現の間、僕らは一方的に死後の世界を眺めるだけで、他の生者の姿を見かけることも、声を聞くこともない。そこには時間の概念がなく、ただひたすら、「自分がいない世界」と自分だけが存在する。

それぞれの階層で生活する人々は、最近死んだばかりで生前には顕現を体験していたはずの人も含めて他の階層があることを知らず、「自分たちが見られている」ことにも気づいていないようだった。自分がなぜそこにいるのか、何が判断材料となってその階層へ行かされたのかという意識もなく、当然のように笑い、嘆き、触れ合い、争い、動き続ける。

現実世界で何が起ころうと、顕現は変わらずに毎月来る。一度始まれば、すべての階層を見せられるまで終わることはない。淡々と、単なるシステムとして強制的に見せられ続ける天国と地獄。

顕現によって起こる事故はどれだけ対策されようと完全にはなくならないから一種の災害だと捉える人もいるし、面白くないわけではないけれどさすがに毎月だと飽きると言う人もいるが、僕はずっと、誰にも介入せず、介入もされずに過ごせる時間を気に入っていた。

けれどこの職に就いて以降、顕現は完全に仕事の一部になってしまった。

のんびりと死者の生活を眺める余裕はなく、階層が切り替わるごとに意識を凝らしてクライアントを探さなければならない。見た光景は脳波読み取りですべてデータ化されて会社に送信されるから、自分だけの景色はどこにも少しも残らない。

テストの結果を見るような気持ちで天国をチェックしていきながら、少しずつ心拍数が上がっていくのを感じた。

今回の顕現で居場所を確認しなければならないクライアントは、いわゆる反社会的勢力の組長だった。

依頼時のスコアは第五地獄だったが、先方の希望は「天国へ行くこと」で、依頼を引き受けるかどうか社内でもかなり揉めた案件だ。

結局、クマールの「本来なら絶対に天国なんか行けそうもない人を行かせられたらいい宣伝になるだろ」ということで契約することになったものの、最初は「どう頑張っても第二地獄が限界」と交渉して、天国行きは目指さない形の仮契約を結ぶことになった。

しかし予想外に先方が真面目にこちらの指示に従ったため、ひと月後には第二地獄のスコアを達成し、この調子なら天国行きも不可能ではないということで本契約を結び直すことになったのだった。

その後も組長は順調にスコアを伸ばし、最終調整作業においては天国行きの診断が下りていた。

だが、天国で組長の姿を見つけられないまま、顕現は次の階層へと切り替わってしまう。

ここにもいない。もしかして、見落としたのだろうか。ここにもいない。まさか、第三志望もダメだったなんてことは――

は？

顕現から覚めてからも、すぐには何が起きたのかわからなかった。

「落ち着け」というクマールの声が隣から聞こえて、自分がパニックになりかけていたことを自覚する。

クライアントがいたのは第六地獄――SEO地獄を除けば最下層とされる地獄だった。

――第三志望内どころか、契約時のスコアよりも悪い。

「とりあえずそこに停め直せ」

声の方を見ると、クマールがノートパソコンを開きながら窓の外を指さしていた。

僕は震える手でハンドルを握り、顕現時の自動制御で路上に停車していた社用車を動かして何とか路肩に停め直す。

そのまましばらく、クマールが猛烈な速さでキーボードを叩き続ける姿を呆然と眺めていた。

見間違えかもしれない。見間違えに決まっている。第一か第二ならまだしも、第六地獄なんてありえるわけが――

ふいに、クマールが何事かをつぶやいた。

「え？」

僕はハッと顔を上げる。

「何ですか？」

クマールは口を半開きにしたまま、パソコンの画面を見つめていた。

僕はスマートフォンを取り出し、聞こえた音声をそのまま入力する。

〈もしかして：kya bat〉

現れた見覚えのないアルファベットの並びの下に、ヒンディー語、翻訳という文字が見えた。

〈日本語で「何ということだ」〉

ピリ、と肌の表面に微かな電流のようなものが走る。

クマールが、僕の前でヒンディー語を話したのは初めてだった。そして、こんなクマールの表情も見たことがない。

「ははははははははははははは！」

僕は反射的にシートベルトをつかみ、車窓に背を押しつけた。

クマールの口が大きく開いていて、そこから出されている音なのだと遅れて認識する。

――笑ってる?

クマールの目は、焦点がどこにも合っていない。ただ壊れたように延々と大声を出し続け、その声が、少しずつかすれて、やがて止まる。

「コアアルゴリズムアップデートだ!」

僕は自分の閻魔帳に意識を向け、息を吞む。

――何だ、これ。

見慣れているはずの自分の閻魔帳が、一変していた。

善行欄にも罪業欄にも残らないはずの行為が記載され、しかも上位に来ている。少し前までは善行欄にあった事柄が罪業欄に表示され、罪業欄からいくつかの罪が消えている。

アップデート自体は、それほど珍しいことではなかった。ごく細かな変更なら毎月のように起きているし、だからこそ僕らも善悪の表示順を決める基準なんて不確かなものに倫理観を委ねるようなことはしない。

だが、コアアルゴリズムアップデートが起きたのは約十年ぶり――最初の顕現から考えても三度目のことだった。

十年前、当時十八歳だった僕にとっては、コアアルゴリズムアップデートは世界の馬鹿馬鹿しさを証明するものでしかなかった。けれど、今は――

「とりあえず会社に戻るぞ」

クマールは興奮を抑えきれないというように声を弾ませた。僕がすぐには反応できずにいると、助手席を降り、運転席側のドアを開けて僕の腕を引く。

「運転する気がないならそこをどけ」

「いえ、今……」

動かします、と続けようとしたときだった。

僕は、突然クマールの背後に現れた男たちの姿に、言葉を失う。

「ちょっと、お越しいただけますかね」

先頭に立った男がサングラスを外しながら言った。

黒いシャツに赤いネクタイ、触れば指が切れそうなほどプレスが利いた折り目——ここ数ヵ月、何度も目にしてきた顔。

男は、たった今の顕現で第六地獄へ堕ちたことが判明したばかりのクライアントの「遺族」——組長と親子の盃を交わしたという若頭だった。


連れて行かれたのは、一階にスポーツジムが入った雑居ビルの一室だった。

やたらと座面の幅が広い本革のソファ、舐められそうなほど磨かれたガラス製の灰皿、見たことのない花や葉や枝がよくわからない角度へ伸びた生け花、壁には死んだ組長の黒紋付姿の写真が飾られている。

「それで」

僕らの正面に座った若頭が、緑茶の湯呑みをテーブルに戻して口を開いた。

「どういうことか、説明してもらいましょうか」

膝の上に肘《ひじ》を乗せ、手を組み合わせて僕らを見据える。

「契約する際、そちらさんは絶対に親父を天国に行かせてやるとおっしゃったはずですが」

妙に静かで、丁寧な口調だからこその迫力があった。

だが、クマールは「言ってないですよ」とごく普通に答える。

「絶対なんて言うはずがないですから。結果を確約する言葉だけは使わないというのは、契約部の人間が最も気をつけることです」

「すると、こっちが幻聴を聞いたとでも？」

「まあ、まだ契約時の映像記録を確認したわけではありませんから、契約部がうっかり言ったという可能性も否定はできませんが」

若頭の眉が微かに動いた。

「言ったかもしれないんだな？」

「可能性の話です。可能性だけなら、あなたが幻聴を聞いた可能性もある」

「てめえ、誰に向かって口きいてんだ！」

「黙ってろ」

ドアの前で立っていた男の一人が怒鳴り声を上げ、若頭が短く諌《いさ》める。

クマールは怒鳴った男を数秒眺めてから、若頭に視線を戻した。

「ここで可能性の話をしても仕方ないですよ。会社に戻れば映像記録がありますから、ご希望でしたら一緒に確認しましょう」

「もし、それで言っていたらどうするつもりだ」

「どうもしませんよ。たとえ言っていたとしても、今回のケースでは裁判になれば必ずこちらが勝ちます」

クマールは淡々と言い、「原因はコアアルゴリズムアップデートですから」と続ける。

「コア……？」

「ああ、コアアルゴリズムアップデートとは閻魔帳のアルゴリズムを根本から変えるアップデートのことです。表示順位変動の条件だけでなく、どんな行為を罪業・善行欄に振り分けるかまでが変わる大きなもので――」

「そんな話はどうでもいい」

饒舌《じょうぜつ》に話し始めたクマールを、若頭が遮った。

「俺たちは、どう落とし前をつけるつもりか聞いてるんだ」

「落とし前？　もちろん成功報酬はいただきませんが」

「それだけで誠意を見せられると思ってんのか」

若頭の口調から、いつの間にか丁寧さがなくなっている。

僕は口の中に溜まった唾を、音を立てないように気をつけながら飲み込んだ。

僕は、クマールが動揺するところを見たことがなかった。

クマールはこれまでどんなトラブルが起きようと、すべては想定の範囲内だというように泰然と対応していた。突然のアップデートで会社中が半ば狂乱状態にあるときでも、クマールだけはいつもと変わらず、むしろどこか楽しそうにさえ見えた。

社内には、そうしたクマールを頼もしいと評する人が多かったし、僕もそう思ったことはなくもなかった。

だけど――これは、やばい。

「誠意って何ですか」

クマールは、授業中に質問をする生徒のように尋ねた。わからないことは聞くべきで、自分には質問をする権利があるのだと信じて疑わないような――

「つまり、お金が欲しいんですか？」

無表情のまま口を開かない相手に向かって、さらに火に油を注いでいく。

――こいつは、何なんだ。

「なるほど、たしかにその方法はありますね」

クマールはうなずいてから、妙にキリッとして言った。

「だが断る」

「舐めてんじゃねえぞてめえ！」

ドアの前に控えていた男が怒鳴りながらクマールにつかみかかろうとした瞬間、若頭が突然立ち上がり、男の脚を撃った。

男が野太い悲鳴を上げ、その場でのたうち回る。

若頭は拳銃を軽く振り、失礼、と言って座り直した。

僕は撃たれた男の荒い呼吸音と血と硝煙の臭いが漂う中で、縮み上がった股間を両手で押さえる。

明らかすぎるこちらへの威嚇だった。いいか、その気になればおまえたちのこともいつだってこうしてやれるんだぞ――

ち、と若頭が舌打ちをした。

「うるせえから外に出しとけ」

若頭が顎をしゃくった途端、隣にいた男が撃たれても見事なまでに直立不動のままだった組員がすばやく動き、撃たれた男を運び出していく。

僕は開かれたドアをちらりと見た。

――何とかして逃げられないだろうか。

けれど、人数は減ったとはいえ、まだ室内には若頭を含めて三人の組員がいて――何より、若頭の手には拳銃がある。

隣の様子を横目でうかがうと、クマールは窓の方を見ていた。だが、殺風景なブラインドのわずかな隙間から見えるのはビルが立ち並んだ景色で、ここが飛び降りるのは不可能な四階であるという事実を突きつけてくる。

「そんなに天国っていいものですかね」

クマールが口を開いた。

「天国に行きたいなら、とりあえず人を撃つのはやめた方がいいと思いますよ」

「おまえ……」

若頭の額に、青筋が浮き立つ。

クマールは、というかそもそも、と続けた。

「組長には第六地獄がお似合いだと思いますけど」

死んだらつまらないと思うことはあっても、死ぬのが怖いと思ったことは一度もなかった。なぜなら、どうなるかは大体わかっていたからだ。

けれど僕は今——自分たちに向けられた銃口を見つめながら、死ぬ直前の恐怖や苦痛についてはあまり考えたことがなかったのだと、思い知らされている。

全身の毛穴から冷たい汗が噴き出すのを感じた。すべての音を掻き消すような鼓動の中で、銃口が、赤いネクタイが、顔を映しそうなほどに艶めいたテーブルの表面が、灰皿の切子細工が、どれもまるで重要な意味があるものかのように浮かび上がっている。

「見るな」

近くから聞こえた声に反射的に顔を向けると、大きな手のひらが顔面に迫り、視界が突然暗くなった。

クマールに頭をつかまれたのだと理解したのと、複数の悲鳴が上がったのが同時。

「何だよこれ！」

「やべえぞ！」

「うわあああああ！」

次の瞬間、頭の中にいくつもの映像が重なり合うようにして蘇った。

コアアルゴリズムアップデートについて説明していたクマール、窓を見ていたクマール、そして——「天国に行きたいなら人を撃つのはやめた方がいい」と、ＳＥＯ罪に該当する言葉を告げたクマール。

――《闇》を間近に直視すれば、誰もが自我を保てなくなるほどの強い恐怖を感じる。

「逃げるぞ」

開けた視界の中心に、恐慌状態に陥っている若頭がいた。

クマールに腕を強く引かれ、僕は腰を抜かしている組員たちの間を抜けてドアへと向かう。

クマールは階段を一気に駆け下り、そのままの勢いでビルの前に立っていた組員らしき男を殴りつけると、そいつの手から鍵を奪って黒塗りの車に乗り込んだ。

僕が助手席のドアを閉めるのも待たずにエンジンをかけ、アクセルを踏み込む。

「ふざけんなてめえらああ！」

背後から怒声と発砲音が響き、バックミラーに別の車に乗り込む若頭たちの姿が映った。

「ちょっと、どうするんですか」

僕は助手席から身を乗り出してリアウィンドウを見る。

クマールはすばやく煙草をくわえて火をつけた。

「あいつらは所詮《しょせん》人間だろ」

煙を吐き出し、さらにアクセルを踏み込む。

「当たらなければどうということはない」

僕は慌ててシートベルトを締めた。

――こいつ、ふざけてんのか。

「どうするつもりなんですか」

「まあ、しばらくしたら白バイが来るだろ」

クマールは荒々しくハンドルを切りながら、「俺たちは善良な一市民《カタギ》だからな」と続ける。

「暴対法様々だ」

たしかに車は、先ほどから法定速度を遥かに超えるスピードで走り続けていた。

しかし、警察が来るまで逃げきれなければ死——そもそも事故ったら一発アウトだ。

そのまま高速道路へ突入したところで、ふいにクマールが「俺の親父が何をやって第五地獄に堕ちたか知ってるか」と話し始めた。

「どうせ麦野あたりから大体の話は聞いてんだろ」

車線変更を繰り返され、上体が大きく揺さぶられる。

「電車に轢《ひ》かれたんだよ」

僕はアシストグリップにしがみついてクマールを見た。

クマールは「インド《あっち》ではドアも閉まらないしまだ乗車中のやつがいても容赦なく走り出すからな」と唇を歪める。

「親父は無理やり窓から乗り込んで、途中で落ちて死んだんだよ。それで車輪に巻き込まれて遅延の原因になった」

当時は影響を与えられた人数が多い罪業が重視される時代だったからな、と続け、灰が伸びた煙草を窓から落とした。

「クソだろ」

クマールは吐き捨てる。

「だから俺は、アップデートが起こると親父の墓の上でナートゥを踊りたくなるんだよな」

ハンドルから手を離して踊ってみせるように身体を揺すった。

「ちょっと！　ちゃんと運転してくださいよ！」

「大丈夫だ、問題ない」

「それ問題あるやつじゃないですか」

クマールは大口を開けて笑う。

僕は脱力するのを感じながら、胸の奥にぐっと何かを押し込められるような圧迫感を覚えた。

僕はずっと、こいつはただのイカれた野郎なのだと思っていた。

わざわざ第三コンサルタント部の仕事に関わるのも、必要もないのに《闇》をギリギリまで呼び寄せてみせるのも、率先してクレーム処理に当たるのも、みんなが慌てるアップデートで楽しそうにしているのも――結局はトラブル自体が好きなだけなのではないか、と。

――第三コンサルタント部はこの仕事の要だからな。

初めて会ったとき、クマールは言っていた。

――死後の行き先を変えられなければ何の意味もない。

社交辞令のような言葉だと思っていた。

だが、本当に変えられなければ意味がなかったのだ。

《G》は、SEO業者がシステムをハックするから閻魔帳アルゴリズムをアップデートする――

つまり、クライアントを本来行くべき場所とは違う階層へ行かせなければ、アップデートは起こらないのだから。

普通のSEO業者にとって、アップデートは業務の妨げになる忌むべきものだが、クマールにとっては、アップデートこそが目的だった。

父を「悪」だと断罪したルールが、無意味なものだったことを証明し続けるために。

「……ただのスリルジャンキーなのかと思ってました」

「何だそれ」

クマールは鼻を鳴らし、クラクションボタンをリズミカルに拳で殴った。

浮かれた不快音がけたたましく響く。

「別に俺がやってることには大した意味なんかねえよ」

クマールは前を見たまま言った。

「俺がやらなくたって誰かがやるだろう」

車が、〈ETC専用〉という看板の下を猛スピードで駆け抜けていく。

「だが、俺はやる」

こいつは狂ってる、と思ってきた。

だけど、本当に狂っているのはどっちだ。

閻魔帳は、顕現は、僕らに正しさなど教えてくれない。

どれだけ天国《上》と地獄《下》を見せつけられ、脅されようと、世界はくだらないまま回り続ける。

僕は、煙草をくわえて火をつけた。

「そういえば」と言いながら煙を吐く。

「僕の閻魔帳のトップに表示されている善行、いまだにバカラで大勝ちしたときにビルの屋上から万札をばら撒いたことなんですよ」

「アドレナリンジャンキーはおまえじゃねえか」

クマールが笑い、前方に標識が現れた。

「右と左、どっちへ行く」

クマールが、試すように僕を見る。

右か、左か――

僕は、クマールが日本のネットミームに詳しかったことを思い出した。

車がさらにスピードを上げる。速度メーターはもうとっくに振り切っている。

腹の底から、震えと笑いが込み上げてきた。

――僕は、こいつと変えていく世界がどんなものになるかが、知りたい。

アクセル全開。

「インド人を右に！」

この世界には間違いが七つある

突然太腿《ふともも》の上に降ってきた強い衝撃で、目が覚めた。

フローリングの床に直《じか》に横たえていた身体を跳ね起こそうとして、それができないことに気づく。

私の上には、キララさんが倒れ込んでいた。

ウェーブのかかった栗色の髪、ローズピンクのシンプルなワンピース、ブルーグリーンの大粒ビーズネックレス――目に痛いほどの華やかな色が、私の下半身を覆い隠している。

「キララさん?」

喉《のど》から、かすれた声が漏れた。

キララさんは動かない。完全に脱力しきった身体は、これまで彼女に対して抱いていた印象よりも遥かに重い。

部屋の中で、悲鳴が上がった。

「キララさん!」

裏返った声で叫んだのは、この部屋で最高齢の真千子《まちこ》さんだった。

高く結い上げたシルバーグレーの髪、真紅のロングコート、長いまつげがバサバサと上下し、これまで常に笑顔の形で保たれていた唇《くちびる》は細かくわなないている。

私は下敷きになった足を何とか引き抜き、キララさんの顔を覗き込んで、息を呑んだ。

――血。

彼女の額から、鮮血が二筋流れている。

「……死んでる」

真横から、真千子さんの「旦那さん」である孝介《こうすけ》さんがつぶやく声が聞こえた。

白い上下のスーツに白い帽子を合わせた孝介さんは、白い口髭をぶるぶると震わせている。

その見開かれた目が私の背後へと動くのにつられて振り向くと、そこには、この数秒の間に予想していた光景があった。

肩で息をしながら、手に持ったワインボトルを見下ろしているワイシャツ姿の田中《たなか》さん――ワインが六割ほど入ったボトルのラベルには、血がべったりとついている。

「田中さん、どうして……」

孝介さんの腕にしがみついた真千子さんが、言葉を詰まらせた。

私はその声を聞いて、自分が先ほど脚に受けた衝撃ほどには驚いていないことを自覚する。

――ああ、そうだ。

私はどこかで、こうなるのを予感していた。

いつも和《なご》やかにテーブルを挟み、キララさんと談笑していた田中さんは、このところひどく機嫌が悪かった。苛立ちを周囲に思い知らせようとするかのように、一つ一つの動作で大きな音を立て、舌打ちや貧乏揺すりを繰り返す。キララさんに当たることも増え、それはほとんどの場合激しい口論に発展した。

口論の内容は、いつもくだらないことだった。キララさんの笑顔が気に入らないと難癖をつけたり、おまえにはもう飽きたと言い放ったり――結局のところ、田中さんはこの変わり映えのない日常に倦《う》んでいたのだろう。それで、最も身近な存在であるキララさんに八つ当たりしていただけだ。

相手に当たったところで解決できるわけでもなく、ただこの空間の空気が悪くなるだけなのは明白なのに、堪《こら》え性もなく頭に浮かんだ言葉をそのまま吐き出す田中さんにはみんな閉口していた。

だが、キララさんが他の女性に代わることができないように、田中さんをこの部屋から追い出すこともできない。

私たちはみな、この部屋からは出られないのだ。

私は、この人数で過ごすには狭すぎる十畳ほどの空間を見渡す。

テーブルが一つ、椅子が二脚、壁には花の絵が飾られていて、天井からは赤、青、緑のペンダントライトが吊り下がっている。テーブルの上には、サラダが二つとドリア、目玉焼きハンバーグとパスタ、ワイングラスの一つは満杯で、もう一つは七割ほどまで減っている。カトラリーはフォークが三本、ナイフが二本、スプーンが一本。奥にはノブのないドアと四つ窓――そこから見える外は雪景色で、煙突のある家と頂上に雪をかぶった二こぶの山がある。右端に置かれた暖炉には一定の大きさの火があって、薪《たきぎ》が乱れずに並んでいる。

もはや、目を閉じても正確に思い描ける光景だった。それぞれの物が、どの位置にどの角度で置かれているかまで。

――なぜ、こんなことになったのだろう。

私は、嫌になるほど繰り返し考えてきたことを思う。

私がこの部屋に連れて来られたのは、もう随分前――正確な月日は見当もつかない。ここにはカレンダーも時計も朝も昼も、移り変わる季節もないのだから――それでも当初は、たしかに希望があった。

〈マスター〉が扉を開けると、「ゲーム」が始まる。

私たちに課されたルールはシンプルだ。

見られている間は、決して身動きをしてはならない。

決められた位置で同じ体勢と表情を保つこと、ただそれだけだ。

いつまで続くのかわからない時間、まばたきも禁じられて固まっていなければならないしんどさ、ミスをすれば処分されるという恐怖はあったが、それでも私たちはいつも張り切って参加していた。きちんとルールを守ることができれば、必ず「成功報酬」がもらえたからだ。

ここにいる五人は、これまで一度もミスをしてこなかった。

正しく、ルールを守って、与えられた役割を果たしてきた。

だが、次第にゲームが開催される間隔は開いていった。前にゲームが行われたのはいつだったか――すぐには思い出せないほど過去のことであるのはたしかだ。

〈マスター〉が私たちに飽きているのは明らかだった。

時折、気まぐれにゲームが始まることはあるものの、私たちの一挙手一投足を見逃すまいと向けられていた鋭い視線は、もうない。

今〈マスター〉の興味が向いているのは、参加者たちが互いに殺し合いをするというゲームのようだった。生と死の間にいる人間たちの、切迫した暴力と心理戦。私たちだってミスをすれば処分をされる以上、命を賭けていることは変わらない。だが、それでも目まぐるしい戦いが繰り広げられるそうしたゲーム以上の刺激とスリルを提供できるわけではなかった。

〈マスター〉は私たちをもてあましている。そう認識するようになるまで、それほど時間はかからなかった。

実際のところ〈マスター〉は、いつでも私たちを処分することができるのだ。

そうせずに、こうして私たちを生き長らえさせているのは、私たちにまだ期待している部分があるからでも、良心が咎《とが》めるからでもなく、ただ処分するほどのきっかけがないだけなのだろう。

だから、こうして生殺しのような状態で放置されている。出番さえ与えられないまま、ひたすら待機する時間ばかりが続いている。当然「成功報酬」も得られない。

ゲームを変えてしまったらどうか、と何度か五人で話し合ったことがある。

〈マスター〉が私たちに飽きているのだとしても、ゲームの内容に変化があれば、また興味を持ってもらえるのではないか――だが、話し合いの結果は、いつも平行線に終わった。

田中さんとキララさんは変えようと言い、孝介さんと私は難色を示す。真千子さんは日によって賛成に回ったり反対に回ったりと立場を変えたが、賛成が半数を超えても、話がそれ以上具体化することはなかった。

なぜなら、そもそも私たちには勝手にゲームを変えることなど許されていないからだ。それでも、もしかしたら〈マスター〉が新たな楽しみを見出してくれるかもしれないと一縷《いちる》の望みを抱いてゲームを変えるとしたら、大きなリスクを伴うことになる。

変わらなければ緩やかな死を待つだけだが、勝手な変化を起こせば〈マスター〉の逆鱗《げきりん》に触れる可能性がある。みすみす寿命を短くしかねない決断は、さすがに全員の賛成がなければできるはずがなかった。

結局私たちは、日常を守ることを選んできた。

次のゲームが始まる日が来ようと来まいと、ゲームの舞台となるこの空間を保ち続ける。

——しかし、田中さんは、それを一人で勝手に破ったのだ。

「どうする」

低く、這《は》うような声で田中さんがつぶやいた。

「どうするって、あなた……」

真千子さんが困惑をあらわに視線をさまよわせる。その視線の先が倒れたキララさんを捉《とら》え、弾かれたように逸《そ》らされた。

「どうする」

田中さんは同じ言葉を、今度は強い声音で繰り返す。

私の中に失望が広がった。やはり、この男は何の考えも見通しも持たずにこんなことをしたのだ。

どうすると言われても、どうしようもない。

死んだ人間を生き返らせることはできない。

参加者が参加者を殺す――奇《く》しくも、今〈マスター〉が夢中になっている新しいゲームと同じ構図が生まれたわけだが、こんなものを〈マスター〉が認めてくれるはずがなかった。

これでは、ただの模倣にすぎない。しかも、その最も刺激的な殺害の瞬間は、〈マスター〉が見ていないところで行われてしまった。

再び〈マスター〉がここを覗く日が来るかはわからない。だが、もしマスターが私たちの処分を決めたら、最後に一度だけ、中の様子を確認する可能性はあるだろう。その最後のチャンスを生かせるかどうか――そこまで考えて、私はハッと顔を上げる。

――〈マスター〉が見ていないところで殺人が行われたからこそ、できることがあるのではないか。

たとえば、誰が殺したのかを当てるゲームにする。

〈マスター〉は殺されたキララさんを見て、誰がやったんだと激昂《げきこう》するだろう。そして、私たちを注意深く見る。どこかに証拠が残っていないか。犯人を示す手がかりはないか――それは、ある意味で殺害の瞬間を目撃すること以上に刺激的なのではないか。

私は室内を見渡す。死体を囲んで立ち尽くしている三人を見比べる。

だが、すぐに期待は失望に変わった。

非力な私にはこんな死体を作り上げることができない。田中さん、孝介さん、真千子さんの三人には実現可能だが、逆にそこから犯人を絞り込ませることが難しい。

田中さんのワイシャツに血をつける？　――一目瞭然すぎて面白くない。犯人以外の人間にはアリバイがあったことにする？　――私たちの声を〈マスター〉に届ける方法がない以上、アリバイを伝えることができない。動機についても同様だ。

私は手を口元に押し当てた。

どうすればゲームを成立させられるのか――

焦りで視界が狭くなる。たしかなことは、ただ〈マスター〉を失望させてはならないということだけだった。

やはり、犯人を当てるゲームに変えるのはリスクが高い。私たちは〈マスター〉に対し、新しいルールの説明をすることもできないのだから。〈マスター〉が意図を汲み取ってくれなければ、それで終わりだ。だとすると、最も成功する可能性があるのは、今までのゲームのルールに則《のっと》った上でこの空間に秩序を持たせること――

「私たちは、秩序を取り戻さなければならない」

私の声に、三人の身体がピクリと揺れた。

「秩序……」

「秩序を取り戻す」

「取り戻さなければならない」

それぞれが、噛みしめるようにつぶやく。私は短くうなずいた。

「辻褄《つじつま》を合わせるんです」

「どうやって」

田中さんが鼻を鳴らした。その自らの言葉に引きずられるように、表情に投げやりな色が滲《にじ》む。

これはまずいかもしれないな、と私は思った。

このまま自棄《やけ》になったら、すべてをぶち壊そうとしかねない。どうせ秩序を取り戻せないのなら、他のものを守ったところで無駄だと――私たちも殺して自分も死ぬ。そんな最悪な想像が浮かんで、ゾッとする。

「辻褄なんて合うわけがないだろ。どうすんだよ、こいつもう死んでんだよ。無理やり椅子に座らせて縛りつけておくのか?」

「どうすんだよって、君が……」

「たとえ姿勢を固定できたとしても、もうこれまでと同じ表情を作らせることはできないから無意味でしょうね」

私たちに定められたルールは、決められた位置で同じ体勢と表情を保つこと。

私は、床に倒れたままのキララさんの傍らに膝をついた。孝介さんに助けてもらいながら死体を持ち上げ、彼女がいつも座っていた椅子に座らせる。髪の毛の乱れを調整して額の傷と血を隠し、テーブルに突っ伏させた。

――これで、一見すれば飲みすぎて眠ってしまった人に見えなくもない。

変化は一目瞭然だ。だが、舞台を変えた上で、もう一つのルールを守ることはできる。

私たちは、見られている間は、決して身動きをしてはならない。

ここから間違いを正していくことしか、今の私たちにはできないのだ。

私は目をつむり、室内の光景を思い浮かべた。

壁に飾られた花の絵、天井から吊り下がったペンダントライト、田中さんのワイングラスとフォーク、窓の外に見える家の煙突、雪をかぶった二こぶの山――

「ワインの量を揃えましょう」

私は目を開け、腹に力を込めて宣言した。

「それが一番手っ取り早いはずです」

私を見据えた田中さんの目が、にやりと細められる。

「そうだな、それがいい」

田中さんはテーブルへと歩み寄ると、赤ワインが満杯に入った自分のワイングラスを手に取った。優雅とも言える動きで口をつけ、ゆっくりと傾ける。

喉仏が、蠢《うごめ》く虫のように上下した。

「あ、ちょっと！」

真千子さんが慌てた声を出し、その声に弾《はじ》かれたようにグラスの傾きが大きくなる。

パッ、と田中さんがグラスをテーブルに戻し、上唇についたワインを手の甲で拭《ぬぐ》った瞬間、

「あ！」

孝介さんが大きな声を出した。

田中さんが肩をびくりと揺らす。

「え？」

「田中さん、飲みすぎですよ」

グラスの中の赤ワインは、半分以下に減っていた。

田中さんが、愕然《がくぜん》と目を見開く。

落ちた沈黙を破ったのは、真千子さんだった。

「もう、何やってるのよ！」

真千子さんは、白い唾を飛ばしながら金切り声で田中さんを罵る。

「これじゃ台無しじゃない。せっかく何とかなるところだったのに」

「どうしてもっと慎重にやらないんだ」

孝介さんも咎める口調で田中さんに詰め寄る。

田中さんは唇を開いて閉じ、うつむいた。その耳が、急速に赤くなっていく。

――まずい。

「君のせいでこんなことになったのに、また君が……」

「うるせえ！」

田中さんが非難の声を薙《な》ぎ払うようにワインボトルを振り回して怒鳴った。

「おまえが途中で声なんて出すから手元が狂ったんだろうが！」

ワインボトルを剣のように構え、先を真千子さんに向ける。

部屋の空気が張り詰め、真千子さんの顔面が蒼白になった。

「いいか、俺はどっちだっていいんだよ」

田中さんが唇の端を歪《ゆが》める。

「おまえらを殺したところで、俺はもう失うものなんかないんだ。どっちにしろ、このままじゃ全員処分される」

「田中さん」

「ああ、そうだ、そのときが来るまで一人で過ごすのも悪くないな」

「ごめんなさい！」

真千子さんが震え上がりながら悲鳴のような声を出した。

「やめて、殺さないで……」

華奢な身体を縮める真千子さんを、田中さんが愉快そうに見下ろす。

「さっきまでの威勢はどうしたよ」

「ごめんなさい……あの、何でもするから」

「何でも？」

田中さんの目が光った。

「今、何でもするって言ったな」

ちらりと、その目が私を見る。

嫌な予感がした。

——この男は、私を殺そうとしている。

笑顔の形に引きつったままの私の頬が、ぴくりと揺れる。

——いや、真千子さんに殺させようとしているのだ。

自分で殺すこともできるのに、あえて他者の手を汚させようとするのは、共犯者を作るためなのだろう。この狭い空間の中で、殺人者が一人だけなら、たとえ次のゲームが始まらなくて日常が続いたとしても、田中さんの立場は悪くなる。密室に殺人者がいることに堪えられなくなった人間が、田中さんが眠っている隙に拘束しようと考えないとも限らない。

だが、もう一人、しかも孝介さんという味方がいる真千子さんの手を汚させることができれば、田中さんだけを拘束することは道理に合わなくなる。

「おい、真千子には手を出すな」

孝介さんが二人の間に割って入った。

田中さんが白けた顔になる。

「何だおまえ、マジで旦那気取りかよ」

孝介さんが心のシャッターを閉めるように表情をなくした。

「すげえよな、勝手に老夫婦っていう役割を与えられただけなのに、そこまで忠実になりきれるなんてよ。俺なんか無理だぜ。あの女と恋人でいなきゃいけないなんて虫唾《むしず》が走る」

田中さんは、突っ伏したままのキララさんを顎《あご》で示す。

「そりゃしばらくは悪くなかったけどさ、それにしたってこんなに延々、狭い部屋に閉じ込められて顔を突き合わせてれば嫌にもなるだろ」

真千子さんは、田中さんの言葉に共感するところがあったのか、気まずそうに顔を伏せた。

「ていうか、こいつキララって名前がいいって言うからそう呼んでやってたけど、キララって柄《がら》かよ」

そう、ここにおける呼び名は、それぞれ自身が決めたものだった。キララに真千子に孝介に田中——田中さんに至っては、別に必要ないという理由で下の名前すらない。

ただ、私の「ケリー」という名前だけは別だった。

私の名は、〈マスター〉が直々《じきじき》につけてくれたのだ。

「まあ、そんなことはいいとして、今はこの状況をどうするかだ」

田中さんは、恋人同士として暮らしてきたはずのキララさんの死をあっさりとそう片づけると、芝居がかった仕草で手を叩き合わせた。

その視線が室内を探るように動くのを見て、私は咄嗟《とっさ》に、

「私に考えがあります」

と口にする。

「考え？」

真千子さんが怯えた声のまま聞き返してきた。

私は、ええ、とうなずいてみせる。

「減りすぎたワインを嵩増《かさま》しする方法です」

テーブルに近づき、ワイングラスを指した。

「このグラスには、ちょうどぴったり半分のワインが注《つ》がれているように見えなければならない。けれど、ここにあるワインはもう一つのグラスのものと、ボトルの中のものだけで、どちらも量を減らすわけにはいかない。他の水分を足して嵩増しすることはできても、色が変わってしまったら意味がない」

「だったらどうしたら……」

「血ですよ」

私は、真千子さんを見据える。

「グラスの中に、足りない分の血を入れれば、見た目は正しくなる」

なるほどな、と田中さんが薄ら笑った。

「まあ、どうせ飲むわけじゃないしな」

その声に、もしかしたら田中さんがワインを飲んだのは、秩序を取り戻すためだけではなく、単にこのワインを飲んでみたかっただけかもしれないな、と思う。

私たちは、テーブルに広げられた食事もワインも口にすることを許されていなかった。

いつも自分用のワイングラスを目の前に置かれていた田中さんが、一度飲んでみたいと思っていたとしてもおかしくはない。

「でも、血だなんて、一体どこから……」

「いくらでもあるじゃないですか」

私は言いながら、伏したままのキララさんを手で示した。

つい先ほど、私たちの目の前で血を流したばかりの死体。

あ、と真千子さんが口を両手で押さえる。

「でも、そんな酷いこと……」

言葉は、内容ほどに躊躇《ためら》う響きを伴っていなかった。その目は、それが一番いいのかもしれないと、告げている。それが——今となっては、一番手っ取り早いのだと。

「幸い、ここにはナイフがある」

田中さんはテーブルの上のナイフを手に取った。

「足の辺りを少し切るだけなら、前からは見えないだろ」

言い終わるが早いか、すばやくキララさんの横にしゃがみ込み、ワンピースの裾をたくし上げて刃を当てる。

死体を傷つけるという行為よりも、ちらりと覗いた白い太腿の方におぞましさと罪悪感を覚えて、私は顔をしかめた。

「切りづらいなこれ」

田中さんは舌打ち混じりにひとりごちながら、のこぎりのようにナイフを前後に動かしていく。しばらくして、よし、と顔を上げた。

「おい、グラスを持ってこい」

怒鳴られた真千子さんが、飛びつくようにグラスをつかむ。田中さんにうかがう視線を向けながらそろそろと手渡すと、田中さんは荒い手つきで受け取った。

全員で、滴《したた》る血がグラスに集められていくのを見守る形になる。

キララさんの血は、生きている人間のそれのように美しい赤をしていた。

なぜだか、目を逸らすことができなくて、そんな自分に戸惑いを覚える。

私も、本当はこの日常に倦んでいたのだろうか。

「こんなもんか」

田中さんは、汚れたグラスの口をキララさんのワンピースの裾で拭うと立ち上がった。カン、と涼やかな音を立ててグラスがテーブルに置かれる。

よく見れば指紋だらけで汚いが、離れたところから見ればグラスにちょうど半分ワインが入っているようにしか見えないはずだ。

私たちは、顔を見合わせる。

なぜだか、奇妙な達成感があった。

考えてみれば、こんなふうにみんなで「何か」をするのは、前回のゲーム以来、かなり久しぶりのことだ。ここ最近は、話し合いをすることもなくなっていた。

「これで、何とかなるかしら」

真千子さんが、なるはずだと自分に言い聞かせるような声音で言った。

「ああ」

孝介さんが、真千子さんの肩を抱いてうなずく。

「私たちは、この状況で選びうる精一杯のことをしたんだ。どういう結果になろうと、後悔だけはしないで済むだろう」

「〈マスター〉だって意外と喜んでくれるんじゃねえの」

田中さんが、歯を見せて笑った。

私も、ホッと胸を撫で下ろす。私は、田中さんのように楽観的に考えることはできない。けれど、少なくとも、私に矛先が向くことは回避できた。たとえこれで〈マスター〉によって全員が処分されることになったとしても、最期まで私は私でいられる――

「じゃあ、とりあえず出番に備えて点検をするか」

孝介さんが晴れやかに言った。

「ええ、そうね。いろいろと乱れていそうだから、丁寧に確認しないと」

真千子さんも声に張りをみせて所定の位置へ向かう。

誰も、本当に出番なんて来るのかと言葉を挟む人間はいなかった。

その日が、いつ来るのかはわからない。今日なのか明日なのか――それとも、もう二度と来ないのか。

それでも私たちは、自分たちが新たに用意した舞台を整える。

私は自分の全身をチェックしてから、最も難易度が高いテーブルの上を調整している田中さんを手伝うことにした。

料理とカトラリーを決められた位置へと戻し、テーブルの端に置かれたワインボトルに手を伸ばし――その瞬間、ぎくりと全身が強張る。

そのまま動けずにいると、田中さんが怪訝《けげん》そうに顔を上げた。

「どうした、何をして……」

田中さんが、ワインボトルを見て目を見開く。

ボトルのラベルには、血がついてしまっていた。

描かれた絵をかき消すほどにくっきりと、大きく広がった染み。

「どうしたの？」

こちらの異変に気づいたらしい真千子さんがテーブルの前まで来て、私と田中さんの間にあるワインボトルに目を向ける。

「あ」

「そんな……」

遅れて並んだ孝介さんは愕然とした声を出したが、私は声が出せなかった。

そうだ、たしかに私はさっき見たはずではないか。

キララさんが殺されたことを認識した直後、目にした光景——田中さんが手に持っていたワインボトルのラベルについた血。

「……拭き取れない」

田中さんが絞り出すような声でつぶやいた。

再び、沈黙が落ちる。

——これでまた、振り出しに戻った。

いや、振り出しよりも悪い。

もはや、私たちに選べる方法は一つしかないのだから。

——一体、何が間違っていたのだろう。

つい浮かべたその言葉の皮肉さに、自嘲する。

田中さんと真千子さんと孝介さんは、黙ったままワインボトルを見つめ続けていた。

迷っているのだろう、と私は思う。何とかして秩序を築き直そうと考えているのか。それとも、もうゲームが始まることはないという可能性に賭けて、この間違った世界の中で最期まで過ごすのか。

たとえ彼らがどんな決断を下したとしても、受け入れるしかないのだろうという気がした。それしか、もう秩序を正す方法がない。

なぜなら、私自身が間違いなのだから。

があるよ！　どこかな？

みぎ

ひだりの絵《え》には7《なな》つまちがい

ひだり

そのとき、ふいに、世界が大きく揺れた。

私たちは反射的に所定の位置へと駆け出す。

それはもはや本能に近い動きだった。気が遠くなるほど繰り返してきた動き――私たちの「非日常」が始まる合図。

瞬《また》く間にそれぞれが所定の位置についた。

「笑いなさい！」

孝介さんが声を張る。

私の正面にいる田中さんの頬が、引きつるように持ち上がる。

「もっとだ！」

唇が吊り上がり、目が糸のようになる。

私もまた、楽しげな表情をしているのだろうな、と思った。この顔を作るのは、どのくらいぶりか。

どうしようもない状況なのに、それでも心の中に喜びがあるのが不思議だった。

また、〈マスター〉が私たちを見てくれる。

待ちに待ったゲームが始まる。

〈マスター〉は、変わってしまったこの世界を見て、何を思うだろう。楽しいと――そう思ってくれるだろうか。

これまで、田中さんやキララさんがいくらそう主張しても、そんなはずはないとしか思えなかったのに、もしかしたら、それもあり得るのかもしれないという気がした。

〈マスター〉はきっと、また目を輝かせて、私たちの隅々にまで、注意を向けてくれる。

私たちがミスをせず、きちんと役割を果たせれば、「成功報酬」をくれる。

そこまで考えて、私はようやく、なぜ自分が田中さんたちの意見を受け入れられなかったのかを理解した。

私はずっと、自分が特別な存在であることに誇りを持っていた。

〈マスター〉の視線が素通りせず、私を目にした瞬間に喜びをあらわにしてくれることに。

その愛らしい声を聞くたびに、私は自分がこの世界においてなくてはならない存在なのだと、信じることができた。

だが、だからこそ、私はやらなければならないのだ。

〈マスター〉をがっかりさせることだけは、あってはならない。

壁に飾られた花の絵。

天井から吊り下がったペンダントライト。

田中さんのワイングラス。

手の中のフォーク。

窓の外に見える家の煙突。

頂上に雪をかぶった二こぶの山。

そして——正しい世界には存在しない、クマのぬいぐるみ。

この世界には、間違いが七つある。

これが、他の人だったらこうはいかないだろう、と思うと、この岐路に立たされるのが自分でよかったのだと思った。

私は、よく燃える。

他の人間たちは、暖炉に入るには大きすぎるし、燃やしても骨が残るが、私は、完全に、最初から存在しなかったように消えることができる。

今この瞬間、私だけが、私たちの「非日常」を——そして〈マスター〉の「日常」を守ることができる。

私は、自分が最期に正しい選択ができたことを誇りに思いながら、炎に向かって身を投げた。

があるよ！　どこかな？

みぎ

ひだりの絵《え》には7《なな》つまちがい

ひだり

「ママーこれなに？」

〈マスター〉よりもわずかに高い声が、急激に明るくなった世界に降り注いだ。

「ああ、それ？　昔お兄ちゃんが遊んでいた間違い探しよ――あら、こんな絵だったかしら？」

〈マスターのお母さん〉が怪訝そうな声を出す。

ぐらり、と再び世界が揺れた。愛らしく輝いた目が、世界にぐっと近づく。

「ねえ、ぼくやってみたい！」

消えゆく意識の中で、私は光のように温かな――何よりも欲しかった「成功報酬」を手に入れた。

九月某日の誓い

玉砂利《たまじゃり》の鳴る微《かす》かな音に、菜箸《さいばし》を持つ手が止まった。

反射的に時計を振り向く。十一時半。箸の先をにんじんの中心に突き立てながら考えたのは、あと少し、ということだった。

あと少しで火が通る。そうしたら、この粉を溶かしてさらに煮込んで――〈ロンドン土産即席カレー〉と書かれた缶の蓋《ふた》を開け、竈《かまど》の火を確かめる。

今日の昼食の献立を決めたのは操《みさお》様だった。

以前、旦那《だんな》様に連れて行かれた洋食店で食べたことがあるというライスカレーを所望された操様、材料を買い揃えた女中の誰か、そしてそれを許した旦那様の気持ちを考えると、胸の奥が小さく痛む。

旦那様は、奥様はもちろん、使用人までも引き連れた慰安旅行に、一人娘である操様だけ置いて出られることに罪悪感を抱いていたのだろう。だが、それでも連れて行くことはできなかった。

なぜなら、操様が一緒では使用人たちを慰労することにならないからだ。

操様のお世話のために一人残された私には特別の給金が支払われることになっているが、それを知っていても他の使用人は家に残ることを選びはしなかっただろう。

誰もが、この家から離れたがっていた。正確には、この家を出ることが許されない身となった操様から。

私は割烹着《かっぽうぎ》の裾で指先を拭《ぬぐ》い、開いたままの勝手口へと向かう。

目を覚ましたのだろう操様を迎えるために顔を出し――そこで動きを止めた。

一瞬、何が起こっているのかわからなかった。

そこにいるのが、誰なのか。

理解するよりも早く身体が震え始め、落ち着かなければと考えたことで動揺を自覚する。

辺りを見回しかけ、助けを求める相手などどこにもいないことに思い至った。どうして、どうしたら、何を。まとまらない思考が頭の中を掻き乱すように渦巻く。

何よりも今考えねばならないのは、どういう行動を取るべきなのかということだった。何を最も優先しなければならないのか。

それなのに、否応なく頭が、どうして、と考えてしまう。

どうして、ここにこの男がいるのか。なぜ、よりによって今日なのか。

男の顔を見るのは、十日ぶりだった。十日前、男は旦那様に金の無心をしようとして追い返された。短刀を振り回しながら罵詈《ばり》雑言《ぞうごん》を吐き続ける男に、それでも身の危険を覚えずに済んだのは、門番がいたからだ。私も操様も窓越しにその顔を目にしただけで、自分たちにまで危害が及ぶことはないとわかっていた。

だが、今、門番はいない。

私は拳《こぶし》を握りしめたまま、男の姿を見つめた。

くたびれた着物、顔の下半分を覆う無精髭《ぶしょうひげ》、丸まった背中と荒《すさ》んだ目つきには、疲れた切迫感が滲んでいる。

旦那様が不在であると知らずに来た、ということはまず考えられなかった。

なぜなら、閉まっていたはずの門扉《もんぴ》を無断で越え、中に入ってきているからだ。

すぐにでも外へ出てこの家は無人ではないと男に知らせなければならない、と自分に言い聞かせた。そうすれば良からぬ考えは抱きようがない——本当に？

心拍数が急速に上がっていく。

男にとっては私など物の数ではない。私さえいなければ屋敷の物を自由に盗み出せるとなれば、躊躇《ためら》いなく殺《あや》める。

それは想像ではなく予測だった。十日前、門番に対して短刀を振り回していた男が、私に対してそうしないとどうして思えるだろう。唯一違うのは、私には男を止められないということだけだ。

私を殺めた男は、屋敷の中へと足を踏み入れる。金目の物を漁《あさ》り続け——やがて、蔵で眠っている操様が目を覚ます。

『ねえ、久美子《くみこ》さんなら許してくれるでしょう？』

操様の声が蘇《よみがえ》る。

旦那様と奥様は、操様が蔵に出入りすることを快く思っていなかった。あまり綺麗《きれい》な場所ではないのよ、というのは奥様の、誤って骨董品《こっとう》を壊したらどうするんだ、というのは旦那様の言葉だ。

それでも操様は、旦那様と奥様の目を盗んで度々《たびたび》蔵へこもられた。ねえ、久美子さん、長い時間生きているものたちって、何て優しい空気を纏《まと》っているのかしら。実はね、ここで眠ると素敵な夢が見られるのよ。

とっておきの秘密を打ち明けるように目を細め、肺一杯に息を吸い込んでいた操様。起き出した操様は、屋敷へと向かう。何も知らず、私が作るライスカレーを楽しみにして。

操様は、いつ異変に気づくのだろう。男が立てる物音？　いや、それでも私以外の人間がいるとは思うまい。何を騒がしくしているのだろうと訝《いぶか》しく思いながらも足を踏み入れ、私を呼び、そして、男と対面する。

操様に姿を見られた男は、そのまま逃げるわけにはいかない。操様を逃がすわけにもいかない。男が取る手段は一つだ。

——私の血がついた短刀を、操様へ向ける。

私は、口の中に溜まった唾《つば》を飲み込んだ。喉の鳴る音が予想以上に大きく響いた気がした瞬間、男が足を止める。

全身が強張《こわば》った。

鼓動が身体の中心を急《せ》かすように打つ。思考が焦りに飲み込まれていく。どうしよう、どうすればいい？

だが、次の瞬間、男は身体の向きを変えた。

え、という声が出そうになる。

男が一歩、足を前へ踏み出した。屋敷ではなく、蔵へ向けて。

どうして、と思うと同時に、一つの疑念が浮かんだ。

なぜ男が現れたのが、よりによって今日なのか。それが、単なる巡り合わせの悪さではない可能性。

――この家の誰かが、男に伝えたのではないか。

今日、この家から門番を含めたほとんどの人間がいなくなること、そして、蔵にはたくさんの骨董品があることを。

足元から悪寒《おかん》が勢いよく這い上がってくる。

ああ、そうだ。そうでなければ、こんなにも最悪の時機で訪れるわけがない。それに何より、もしも偶然なのだとしたら、屋敷を確かめず真っ直ぐに蔵へ向かうことなどあり得ないのだ。

身体の芯から伝わる震えが大きくなる。

この家の人間であれば、旦那様も奥様も他の使用人たちもいない今日、操様が蔵で過ごすことを予想できないはずがない。だとすれば、その人間は男が操様と鉢合わせすることを望んだのだ。

そうなれば何が起こるかを、正確に理解しながら。

わななき始めた唇を、両手が覆う。何てことを、と思う。思おうとする。けれど私は気づいてしまう。

それはまた、私の望みでもあったのだと。

＊

初めて操様と会ったのは、今から四年前、満十三歳になる年の春のことだった。

当時私は山梨にある親戚《しんせき》の家に居候していて、横浜の三条家《さんじょうけ》から声がかかったと聞かされたときには驚いたものだ。

だが、理由を聞かされてみれば簡単な話だった。

父が生前に働いていた研究所の人が、三条家に紹介してくれたのだ。

化学者として燃料に関する研究をしていた父は、眼病を患《わずら》って視力が著しく衰え、退職を余儀なくされた。そして、私を連れて郷里へ帰り、半年後に自ら命を絶ったのだった。

その際に使われた毒は、父が研究所の人から譲り受けた材料で作ったもので、だから研究所の人は父の死について何某《なにがし》かの責任を感じていたのだろう。造船業を営み研究所とも関わりがある三条家が年若い女中を探していると聞いて、それならちょうどいい子どもがいる、と口添えしてくれたらしい。

居候先の伯母《おば》は、ふうん、船成金ねえ、人の命を奪う戦争で成り上がっただけの教養のない輩《やから》じゃないの、と蔑《さげす》む言い方をしていたが、それを言うなら、同じく軍隊に協力して戦争に使われるための燃料の研究をしていた父もそうだ。

私は、とにかく奉公先が決まったことに安堵したし、そこが海の近くらしいというのも嬉しかった。

海というものがあることは書物によって知ってはいたが、これまで一度も目にしたことがなかったからだ。川や湖とはどう違うのだろう。果てが見えない水とは、どういうものなのか。汽車には数時間乗車していたはずだが、車内での記憶は最後に車窓から見た海の景色に覆われている。

真っ直ぐに延びた水平線の先には何も見えず、小さな窓枠に区切られているからこそ、その途方もない大きさが強調されているようだった。濃く深い青の水面《みなも》を陽光が白く照らし、空との境界を曖昧《あいまい》にしている。

私は何も知らなかったのだ、と思った。幼少期に母を病で失い、父の退職で東京から山梨へと移り住み、さらにその父も亡くして伯母の家に引き取られ、人よりも多くの経験をしているような気がしていたけれど、そんなものは錯覚に過ぎなかったのだと。

自信や期待さえも飲み込まれるような思いで汽車を降りた私を迎えたのは、一目で質が良いとわかる洋装に身を包んだ初老の男性だった。威厳のある立ち姿から旦那様なのだと判断して用意しておいた口上を述べると、番頭の千藤《せんどう》だと名乗られた。

千藤さんに連れられて歩く道中のすべてが垢抜《あかぬ》けて見えた。たくさんの店や西洋式の建築、行き交う人々の服装——似たようなものは銀座に遊びに行ったときにも目にしたことがあったはずなのに、どれもが初めて触れるような勢いと解放感を纏っている。

思わず足を止めた私の頭上を、白い鳥が飛んでいった。

大きな鳥だった。

羽を伸ばせば私の全身を包み込んでしまいそうなほどで、けれど大空を雄大に飛ぶ姿は私に少しも恐怖を与えなかった。鋭い目、ほんの少し笑っているような黄色いくちばし、長く伸ばされた羽の先は風を受けて反《そ》り返っていて、そこから伸びる美しい曲線が途方もなく広がる空にたしかな輪郭をもたらしていた。羽の一枚一枚がこれ以上ふさわしい位置はないというように完璧に配置された姿。

その残像は、三条家の屋敷に着いて、使用人用のものだという門扉を抜けるまで脳裏に焼き付いていた。

つまり、屋敷を前にした途端、残像が消えたのだ。

美しく剪定《せんてい》された木々、玉砂利の敷き詰められた空間に整然と並んだ庭石、城を連想させる白い土塀と重厚な瓦、緑青《ろくしょう》色の荘厳な庇《ひさし》を背負ってそびえる玄関。

——ここが、これから私が奉公する家。

お屋敷に奉公するということの意味を自分が本当には理解していなかったのだと思い知らされた。いくら裕福な家だとはいえ、旧上級士族のような名家ではない。そう、どこかで侮《あなど》る思いを抱いていたのだと。

恥じ入る思いは、まず通された旦那様の部屋でさらに大きく膨らんだ。壁を埋め尽くすほどの書物は、父の部屋にあったそれよりも格段に多かった。

次に向かった操様の部屋にもまた、これまで目にしたことがないような書物が大量に並んでいた。その中心に座る私よりも一つ年下のはずの少女は、作法の手本のような隙のない姿勢で私を出迎えた。

『少女画報』の表紙にでも載っていそうな鮮やかな赤いワンピースに、艶やかに結《ゆ》い上げられた束髪。その強烈な存在感に負けないほど強い力を持った大きな瞳。

竹久夢二《たけひさゆめじ》の絵からそのまま抜け出してきたかのような美しい少女は、予想よりもわずかに低く澄んだ声で、「ごきげんよう」と口にした。

旦那様からは、操様にはご友人がいないのだと聞いていた。わがままが過ぎて使用人たちも手を焼いている。年が近い君が友人になってやって欲しいのだと。

だが、これは明らかに住む世界が違う。友人、という言葉の空々しさに眩暈《めまい》がして、真っ直ぐな視線から逃《のが》れるように顔を伏せながら、三つ指を突いて名乗った。

「久美子さん」

復唱するような静かな声音が頭上から降ってくる。

「苦手な食べ物は?」

私が顔を上げるのと、旦那様が、操、と咎《とが》める声を出したのが同時だった。

「まずはおまえも名乗るところだろう。いきなり嫌いな食べ物なんか聞いてどうするつもりだ」

「私の名前はもう知っているでしょう? それにお父様、私は嫌いな食べ物なんて言ってないわ。苦手な食べ物って言ったの」

「どちらでも同じことだろう」

「いいえ、嫌いというのは相手を否定して、対話を断つ言葉だわ。私は蕗《ふき》の薹《とう》が苦手だけれど、否定したいとは思わない」

操様の切り返しに、旦那様は顔をしかめる。

「否定する気がないなら、つべこべ言わずに食べなさい」

「そこなのよ」

操様は人さし指を立てた。

「私は蕗の薹が存在していてもいいと思っているし、蕗の薹が好きな人は好きなだけ食べたらいいと思うの。でも、苦手な私が食べる意味はあるのかしら」

小さな頭を傾《かし》げる。

「身体に良い」

そう言ったのは、旦那様ではなく操様だった。

「みんなそう言うのよ。だけど野菜を食べた方がいいのなら、他の食べ物でもいいでしょう。大根とか茄子《なす》とか」

ああ、里芋もいいわね、と軽やかに続け、「だけどそう言うと、わがままを言うなって叱られるのよ」と肩をすくめる。

「おまえだけのために他の食材を用意するのはお金の無駄遣いだって。でも、嚙《か》まずに無理矢理飲み込んで苦しい思いをすることと比べたら、他の食材を用意することの方がましじゃないかしら」

「それが無駄だと言っているんだ」

「無駄じゃないわ。苦しまなくていいんだもの。それにお金の問題だというのなら、山菜にこだわるのは理に合わないでしょう。それこそ大根とか茄子の方が安いんだから」

「旬の山菜には滋養があるだろう」

「それならどうしてタラの芽や青ミズではいけないの？　あれなら私も食べられるのに」

「どうしておまえはそう減らず口をたたくんだ」

旦那様はため息をついた。操様は目をしばたたかせる。

「あら、だってお父様が納得のいく答えをくださらないから」

頭が痛い、と言い残して旦那様が部屋を出ていかれると、操様は「大丈夫かしら」と本当に心配そうに言いながらその背中を見送った。

私は、啞然《あぜん》としていた。

打てば響く速さで交わされていた会話は、私と父のものを含め、これまでに見聞してきたどの父娘《おやこ》関係とも違う。

わがまま、という旦那様の言葉を自分なりに咀嚼《そしやく》していたつもりだった。自分勝手、高慢な態度、立場の強さを笠に着た無茶な要求。けれど想像で包んで嚥下《えんげ》したはずのそれが、咀嚼をやり直せと主張してくる。

――これは、わがままというのだろうか？

「それで、久美子さんはどうして蕗の薹を食べないといけないんだと思う？」

操様は私へ矛先《ほこさき》を向けた。

このとき、操様に私を試すような意図があったのかはわからない。だが、私はたしかに、試されていると感じた。ここでどう答えるのか。

ひとまず操様に同調して歓心を買ったところで、そんなものはすぐに崩れ去る。食卓に蕗の薹が並び、旦那様が食べろと操様に命じたら、私はそれを止めることなどできないのだから。

「嚙まずに飲み込まれるなんて、蕗の薹にとっても不幸なことだと思わない？」

そうですね、と返した私を見る操様の視線が鋭くなった。

「それなら久美子さんがお父様を説得してくれるの？」

今度は明らかに挑戦的な響きがあった。その失望を滲ませた声音に、おそらくこの手の質問を使用人に投げかけるのは初めてではないのだろうと悟る。

これまでも、同じやり取りを繰り返し、そのたびに失望してきたのだろう。それでもまだ訊《き》かずにいられないのだ。納得がいく答えが得られていないから。

「いえ」

私が口にした途端、操様が興醒めした顔になった。

きっとこの顔のせいなのだろう、と私は思う。なぜ操様にご友人がいないのか。使用人たちが手を焼いているのか。操様と相対していると、そういうものだから、と理解したことにしてやり過ごしているものを炙《あぶ》り出されてしまう。

そうした意味でも、この問いかけは私を測るものだった。操様の意図にかかわらず。

だが、幸いなことに、私には父の郷里に帰ってからの二年間、山で暮らした経験があった。

「タラの芽や青ミズは召し上がれるということは、香りの癖や苦みが苦手ということでしょうか」

「ええ、そうよ」

操様はこくりとうなずく。

「お父様はあの香りや苦みが美味しいんだと言うけれど、私はどうしても苦手。もしかして久美子さんも苦手なの？」

「いえ、以前は苦手でしたが、今は食べられます」

「どうして？」

「実験したからです」

私は、正座をしたまま操様を見た。

「どうすれば食べやすくなるのかといろいろ試してみたのです。どういう調理法なら香りの癖や苦みを打ち消してくれるのか。アク抜きの時間を長めに取ってみたり、細かく切ってみたり、すり下ろして干してみたり、あとはそうですね、家ではよく蕗味噌《ふきみそ》が食卓に並んでいたのですが、これが苦手だったので他の調味料を順に合わせていきました。醤油、酢、わさび、塩、砂糖、唐辛子、葱《ねぎ》や茗荷《みようが》などの薬味と和《あ》えてみたりもしましたね」

「それで？」

操様が身を乗り出す。

「私の場合は、一晩かけてアク抜きをした後、天ぷらにして、柚子《ゆず》をかけて塩をつけると食べやすく感じました」

「素晴らしいわ！」

操様は目を輝かせた。

「それこそが対話だわ！　ああ、何てこと、私は対話を断ってはならないと言いながら、語りかける努力をしてこなかったんだわ」

「家の近くにいくらでも蕗が自生していたからできただけです。すべてお店で買わないといけないのなら到底できませんでした」

私は、操様のあまりの興奮に慌てて否定した。

けれど操様は、いいえ、と首を振る。

「もし家の近くに蕗が自生していたとしても、私はそこまでして試そうとなんてしなかったでしょう。結局、今と同じように別の食べ物がいいと駄々をこねていただけ。でも久美子さんは違った」

「父に手伝ってもらったんです」

私は混じりけのない賛辞を受け続けるのに耐えられなくなり、言葉を挟んだ。

「父が化学の研究者だったので、実験してみたいと相談したら、やり方を教えてくれて」

父と暮らした十一年のうち、父が実験をしているところに立ち会えたのは最後の半年間だけだったが、その間の記憶はそれまでの十年半のものよりも、ずっと濃く、強く私の脳裏に刻まれている。

試験管をつかむ節くれだった手、私に指示を出す低い声——いいか久美子、実験をする際に大事なのは比較する対象を絞ることだ。どの条件を比較するつもりなのか、いつも明確にしておかなければならない。

私が山菜を食べやすくするための実験がしたいと言ったときにも、父は本当に研究をするときと同じように真剣に取り組んでくれた。私がどんな質問をしても、子ども扱いすることなく向き合ってくれた父。

目が見えにくくなったことで、父が苦悩しているのは知っていた。途中で切り上げなければならなかった研究がその後どうなったのかを気にし、家でできるような簡単な実験すら一人ではままならないことに苛立《いらだ》ち、残された人生の長さを悲観していることも。

だけどそれでも、私は父と過ごせることが嬉しかった。研究所に勤めていた頃よりもさらに深酒をするようになってしまったことは案じていたが、父が研究所を辞めたから、ずっと一緒にいられるようになったのだとさえ思った。

父は、自ら死を望むほどに追い詰められていたというのに。

「素敵なお父様ね」

ふいに聞こえた声に顔を上げると、操様は私に微笑みを向けていた。

「そしてあなたの中には、今もお父様がいるんだわ」

私は、朝は座敷の掃除と操様の支度を、操様が女学校に行かれている間は飯炊《めした》きや裁縫をし、操様が帰宅されると遊び相手として過ごすようになった。

操様は、よく「学校なんて行きたくない」と口にした。

「久美子さんと遊んでいる方が何倍も楽しいもの」

「学校ではいろいろなことが学べるんでしょう？」

私は宥《なだ》めるためというよりも、本当に疑問に思って訊いた。新しい知識を与えてくれる場所なんて、知的好奇心が旺盛な操様が喜ばないはずがないと思ったのだ。

操様は、まあね、と肩をすくめた後、ため息をついた。

「でも、もっと知りたいと思っても、誰も教えてくれないの。入り口だけ見せて、その先には入らせてくれないなんて苦行だわ」

目や鼻や口が絶妙な均衡を保って配置された顔を躊躇いなくしかめる。

「先生も教えてくれなくて、同級生に話しても何を言っているのかわからないような顔をされて、そういうとき私は、ああ、ここに久美子さんがいてくれたらなって思うのよ」

「買いかぶりですよ」

私は苦笑した。謙遜ではなく本心だった。操様は私を高く評価しすぎている。

「そんなことないわ」

操様は頬を赤くして怒った。

「私にとってのあなたの価値をあなたが勝手に決めないで」

私は、操様らしい怒り方に笑みを漏らす。何を笑っているのよ、と咎められるだろうと知りながら。

案の定、操様は「何がおかしいの」と不機嫌そうになった。私は今度こそ宥める意図で「女学校ではどんなことを教えてくれるんですか？」と尋ねる。

操様はすかさず身を乗り出した。

「その言葉を待っていたのよ」

操様は学校で教わったことを逐一《ちくいち》私に教えてくださるようになった。そして、解消されないままの疑問について二人で考え、書物を使って調べるようになったのだ。

私たちは操様の部屋で東洋史を学び、徒手体操をし、唱歌を口ずさんだ。台所と往復しながら理科の実験をし、互いの姿を写生し、裁縫をした。

造船業を営む三条家には海軍の人間が来ることも多く、そうした際には部屋で静かにしていなければならなかったが、新聞や文学や歴史学、医学の本などを手当たり次第に読んで感想を語り合っていれば、時間はいくらでも過ぎていった。

三条家の製造している軍艦がどう使われているのかを調べていくうちに軍事学についても学ぶようになったし、私の父が取り組んでいた化学についても本を集めて読み進めた。

私は徐々に父がしていた研究がどんなものだったかわかるようになっていった。いや、本当のところ具体的な研究内容を理解できたわけではない。だが、世界が様々な原子というもので構成されていて、父が見つめていたのがその目には見えない景色だったと知ったのだ。H、O、C、N——暗号のように並べられる文字が描く鮮やかな光景。

やがて、私はそれぞれの原子ごとに異なる色の表象が浮かぶことに気づいた。水素は水色、酸素は白、炭素は黄色で、窒素は薄緑色だ。一つ一つの物体は、漫然と視線を向けていれば器や調理器具や窓や紙でしかないのだけれど、意識を集中させていくと塗り重ねられた様々な色が浮かび上がってくる。

普段は認識することさえない空気にも複数の色が混ざり合っていて、その賑やかで雑多な光景は、なぜかとても温かく、懐かしいもののように思われた。

私は次第に、父との思い出について操様に話すようになっていった。そして——自分からは誰にも話すことがなかった、その死についても。

その話を切り出したのがいつのことだったか、私は正確な日付まで記憶している。

大正九年六月八日。操様が十三歳の誕生日を迎えた年の初夏だった。

その日、私たちは山へ行楽に出かけていた。旦那様の発案で、三条家の面々で小旅行をすることになったのだ。

戦争の終結に伴い軍艦の受注隻数が激減し、使用人の数が減らされたばかりの頃だった。海軍の人間が険しい顔で出入りすることも増え、屋敷内には陰鬱《いんうつ》な空気が立ちこめるようになっていた。

旦那様としては、そんな雰囲気を払う意図があったのだろう。歩きながら歌う操様を旦那様も奥様も窘《たしな》めることはなく、その愛らしく軽やかな声音を行進曲のようにして山道を進んだ。数回の休憩を挟んで頂上に辿り着いたのは昼過ぎだった。この日ばかりは共に昼食を摂ることが許され、私は操様の隣で握り飯を頬張った。

並んだ靴を見ていると、不思議な高揚感がこみ上げてきた。普段は少しの汚れも許されないような鮮やかなワンピースに身を包んでいる操様は紺色の着物と野袴《のばかま》姿で、私も割烹着を着ていない。銘仙《めいせん》と木綿という素材の違いこそあれ、似たような格好をしているということに、まるで本物の友人同士になったかのような錯覚を覚えた。

私は、目の前の光景と似ている、父の郷里について話した。

操様は食べ物を口に運ぶ手を止めて、真剣に聞いてくださった。真っ直ぐに向けられたその目を見ているうちに、私はふいに、操様に伝えたい、と思った。父がどんな風に死んだのか、死後に悪く言われることの多かった父について、操様が素敵な人だと評してくださったことに自分がどれほど救われたのかを。

父が死んだ日の朝、父はこれから大切な人に会うからと、研究所を辞めてからも一着だけ残していた洋装に着替えていた。

洋菓子を買ってくるようにとお金を渡され、張り切って出かけたのが正午前、遠くの町に向かうために山を下りる間、預かったお金を決してなくさないよう、懸命に握りしめていたのを覚えている。

小一時間かけて店に着き、ずっと食べてみたかったキャラメルというものに心が動いたものの、結局、東京にいた頃に父が好きだったビスケットを買った。

お客さんとは誰なのだろう、と心が浮き立つような心持ちで帰途につき、家が見えてきた頃には半ば駆け足になっていたはずだ。

父が気力を取り戻したようなのが嬉しかった。研究所を辞めて以来、実験をするとはいっても限られた材料しか手に入らず、いつもどこか不満そうに作業をしていた父が、数日前に研究所のツテを使って材料を仕入れてから新しい実験を始めているようだったのだ。

この頃にはもう、私は父の実験の手伝いを誤りなくこなせるようになっていたが、父はそれに私を参加させようとはしなかった。一人で、時間をかけて一つ一つの作業を確かめながら、何かを作っていた父の姿は、前に一度だけ、忘れ物を届けるために研究所を訪れた際に目にした姿と同じように見えた。

完成したものを、その来客に見せるつもりなのだろう、と思っていた。それによって父の人生は再び開けるのかもしれない、と。

だが、息を切らせて帰宅した私が目にしたのは、床に倒れている父の姿だった。

傍《かたわ》らには、父が完成させたばかりのはずの液体がこぼれていて、机には、私に謝る言葉が書かれた紙が置かれていた。

　父が自分で作った毒を飲んで自殺したのだと理解したのは、数日後の葬儀において、弔問客の一人から説明されたときだ。研究所で父と親しくしていたというその人は、父に頼まれて薬品を譲ったことを深く後悔しており、涙を流して私に謝っていた。

　私は、涙一つ流さなかった。感情が麻痺《まひ》してしまっているように動かず、ただ静かな思考だけがあった。

　――ああ、だから父は私に手伝わせようとしなかったのか。

　これから会う大切な人とは、何年も前に死んだ母のことだったのだ。

　私を引き取ってくれた伯母は、繰り返し父を詰《なじ》る言葉を口にした。子どもを残して自殺するなんて無責任だ、あの子は昔から根性がなかった、だから研究者になるのなんて反対したのに――父が借金を残して死んだということもあったのだろう。父の話題が出るごとに積み上げられていく言葉は、父の姿を歪《ゆが》めていくように思えた。

　だから私は、自分からは決して父の話をしようとはしなかった。せめて、自分の中の父だけでも守れるように。

　そこまで話してふと顔を上げると、操様の目からは涙が溢れていた。

　慌てたように涙を拭う操様を見て、私は自分が結局一度も泣いていないのだと思い至る。けれど、もういいのだ、と思った。もう、私は泣く必要がない。

「私はこうして操様の使用人になれて、こんなにも毎日を楽しく過ごさせていただけて、本当に幸せ者だと感じております」

私は、心から言った。

「もっと大変な思いをしている人はいくらでもいるでしょう。これで我が身を哀れもうものなら天罰が下りますよ」

けれど、操様は首を振った。

「他にもっと大変な思いをしている人がいくらいたって、久美子さんの悲しさは変わらないわ」

背に当てられた手は、父のものと同じくらい温かかった。私はそう告げるかどうか迷い、結局言わずに口を閉ざした。

口にすれば、余計に操様が泣いてしまいそうだったからだ。

帰り道は、山菜を集めながら戻った。飯炊きを担当している女中が歓声を上げながら山菜に飛びつき、操様は私を振り返る。

「蕗の薹はこの時期はないのよね？」

「ええ、今の季節に採れるのはノビル辺りでしょうか。ああ、青ミズも見つかるかもしれませんね」

私は見つけやすい場所や見分け方を解説しながら道を進んだ。

今思えば、浮かれていたのだろう。まるで操様を思い出の場所に案内しているかのような構図に。

気づけば、周囲には操様と私以外の姿が見えなくなっていて、来た道がどちらなのかもわからなくなっていた。

「操様」

私は、未《いま》だ気づくことなく地面に目を凝《こ》らしている操様に呼びかけた。

操様は顔を上げると、「何か見つけた？」と目を輝かせる。私は、いいえ、と答えながら自分の愚かさを呪った。私は一体何をしているのか。

「申し訳ありません、はぐれてしまったようです」

「え？」

操様が弾かれたように周囲を見回す。あ、と小さく声を漏らし、私を見た。

「久美子さん」

声を震わせる操様に、私は、大丈夫です、とうなずいてみせる。

「山のことならば私にお任せください」

いつになく大きく出たのは、本当のところ完全に道に迷っていたからだった。

もし途中で日が沈んでしまえば、山を下りることはできなくなってしまう。

まずは旦那様たちと合流しなければならない。そして、操様を怖がらせてはならない。私が不安を見せてしまえば、操様は余計に不安になる。

歌いましょう、と私は提案した。

「歌っていれば、旦那様たちが気づいてくださいます。こういうときは動かないのが最上の手なのです」

私たちは声を合わせ、歌った。操様が教えてくれた歌、私が父から教わった歌。すべてを歌い尽くしてしまうと、また一から歌い直した。

早く、と一心に祈った。早く、誰か――それとも、もうかなり離れてしまったのだろうか。

ふいに、操様の歌声が揺れた。そのことに操様自身が動揺したように、声を止める。

「ごめんなさい、どうしよう、久美子さん」

「ご心配には及びません」

本当のところ私の方が謝ってしまいたかったが、今謝るわけにはいかなかった。何も心配はいらないのだという態度を貫かなければならない。無事に帰り着いてから謝ろうと心に決め、しがみついてくる操様の額を撫《な》でた。手を規則的に動かしながら、思考を巡らせる。

合流が難しい以上、とにかく一刻も早く山を下りるべきだ。日暮れまでにできるだけ下って――

――

「怖くないの？」

操様は泣きじゃくりながら尋ねてきた。

「ええ、怖くはありません」

私は迷いなく答える。

「あそこに沢が見えるでしょう。沢沿いに下流へ行けば、必ず下ることができます」

操様を連れて沢へと進み、下流を見渡した。

「麓《ふもと》までそれほど距離はないはずです。道も険しくはなさそうですし、そうそう、今ならまだコゴミが採れるかもしれません」

「コゴミ？」

「癖のない山菜です。茹でたコゴミをすりごまと醤油と砂糖で和えると美味しいですよ」

操様の表情がほんの少し和らぐ。

「たくさん採って帰ったら旦那様たちも驚かれますよ」

私は微笑んでみせてから歩き始めた。いくら気分を上向かせるためとは言え、時間を取られてはならない。

「この辺りにはなさそうですから、まずは先を急ぎましょう」

言いながら比較的歩きやすい道へ操様を促した。操様は気丈にうなずいて歩調を速める。

そのまま、どれほど進んだだろうか。

感覚からするともうじき麓が見えてくるはずだろうという頃、操様の足取りが重くなり始めた。

「操様」

私は足を止めて操様の顔を覗き込む。

「大丈夫」

操様は私が問うよりも先に答えた。

「少し、疲れただけ」

けれど息が切れ、膝頭《ひざがしら》を両手で押さえている。できれば一度休ませてあげたかった。だが、日が急速に沈み始めている。もし日が暮れてしまったら、ここで夜を越さなければならないことになる。標高はそれほど高くないとは言え、夜になればひどく冷え込むはずだ。

ここは背負ってでも下りていくべきだろう、と考えて膝をついたときだった。

ふいに、森の中から葉が激しくこすれ合う音が聞こえた。

私は顔を上げて周囲を見回す。

「お父様たちかしら」

「静かに」

声を弾ませた操様を短く遮った。

立ち上がって音の方向へと目を凝らす。姿は見えない。だが、音の鋭さからして、風によるものではありえない。何らかの動物——それも、大きな。

猪《いのしし》、熊、野犬。浮かんだ単語は、どれも身を強張らせるのに十分だった。どれに襲われたとしても命の危険がある。

どくん、と大きく心臓が跳ねた。

すぐにこの場を離れなければならない。だが、相手はこちらに気づいているのかどうか。

気づいていないのであれば、息を潜めてやり過ごすのが得策だろう。けれども、こちらに近づいてきたら。

岩の間に、手頃な大きさの流木を見つける。あれを掲げて身体を大きく見せながらゆっくりと後ずさる。決して悲鳴を上げてはならない。刺激を与えず、視線を外さないまま距離を取る。

考えを巡らせながら操様の耳に口を近づける。

「声を出さず、私の言う通りにしてください」

操様は全身を震わせながら無言でうなずいた。私は森へ目を向けたままそっとしゃがんで流木を拾う。

「音が近づいてきたら、ここを離れます。走らず、背を向けず」

私は流木を握りしめたまま、強く祈った。どうか、こちらに気づきませんように。そのまま行き過ぎてくれますように。

だが、祈りは虚《むな》しく黒い影が森の奥から現れる。

薄闇に輝く双眸《そうぼう》と、視線が合った。

「離れます」

顔を動かさずに低く告げて、静かに伸ばすように流木を掲げる。操様が動くのを視界の端で認めてから私も後ずさり始めた瞬間だった。

あ、という小さな声と共に操様の姿が後ろに傾いた。

私が振り向くのと、操様が倒れ込むのが同時。

ガサッ、という大きな音が背後で響き、操様の口から悲鳴が飛び出す。私は咄嗟《とつさ》に操様に覆い被《かぶ》さり目をつむった。

来るな、来るな、来るな——それだけを一心に念じ続ける私の耳朶《じだ》を、何かが落ちるような音が打つ。

それが何の音なのかわからなかった。

だが、顔を上げることができない。全身が固まってまぶたさえも動かせない。

え、という声を出したのは操様だった。

「久美子さん」

かすれた声に呼ばれ、金縛りが解けたように首が動く。ぐらぐらと揺れるように動く視界の中心に操様の顔を捉えると、私の肩越しに背後を見ている操様は目を見開いていた。私は何も考えることができないまま、身を起こして背後を振り向く。

大きな野犬が倒れていた。

その黒々とした身体は、ぴくりとも動かない。

「……何が」

唇から声が漏れた。操様が首を細かく振る。

私は時間をかけて立ち上がり、野犬へと近づいた。開かれたままの目、口から力なく垂れている長い舌と唾液、その腹部は上下していない。

——死んでいる。

何が起きたのかわからなかった。

猟銃のような音はしていない。他に獣の姿もない。なぜ、この野犬は突然死んだのか。

視界の端に、転がった流木が映った。先ほどまで私が握りしめていた木の枝だ。ふらつきながら拾い上げ、杖にしようと体重をかけると、他愛もなく手元で折れた。

こんなものでは、もし野犬が襲ってきていたら戦うことなどできなかっただろう。

そう考えた瞬間、ぞっと悪寒が這い上がってくる。

操様が堪《こら》えていたものを爆発させるように激しく泣き始めた。

おそらくもうほとんど麓まで下りてきていたのだろう。その声で麓の村の住人に発見され、私たちは無事に家に帰ることができたのだった。

帰宅後、私には厳しい叱責が待っていた。私がついていながら操様を危険に晒《さら》してしまったのだから当然だ。

だが、それでも屋敷を追われることがなかったのは、操様が、久美子さんは野犬が迫ってきたときに覆い被さってかばってくれたのだと強く主張してくださったからだ。

元はと言えば山へ行こうと言い出したのはお父様で、山菜を採りながら下りる流れを作ったのは植野《うえの》さんでしょう。操様は他の女中の名前まで出して反論し、最終的に旦那様が折れた。

私は操様と旦那様に深く感謝し、今後一生を懸けて三条家に仕えていこうと心に誓ったのだった。

だが、今から思えば、このときが運命の分かれ道だったような気がする。

私はこのとき、屋敷に留まるべきではなかったのだ。操様が言葉を尽くして旦那様を説得されるのを待つことなく、自ら退職を願い出るべきだった。そうすれば、旦那様は他の奉公先を紹介してくださったはずだ。

そうと知りながらも操様の言葉にすがりついてしまったのは、ただ操様のお側《そば》から離れるのが嫌だったからだ。そんな私のわがままが、今の状況を作ってしまったのだと思うと、心底消え入りたくなる。

けれど、私がその誤りを悟るのは、それから数ヵ月先のことになる。

操様の夏季休暇が終わってしばらくした頃、庭で落ち葉を掃き集めていた私は、操様の鋭い声を聞いて手を止めた。

もうお帰りになる時間だったか、という焦りと同時に、操様が呼ばれた「植野さん」という名前に胸のざわつきを覚えた。

「操様」

私は咄嗟に声を張り上げた。私はここにいるのだと、操様に、そして植野さんに知らせなければならない——そうはっきりと言葉にして考えていたわけではない。けれど予感のような本能的なものが、何かをしなければならないと告げていた。

植野さんは、数日前に屋敷を解雇されたばかりの女中だった。

理由は窃盗、蔵の中の骨董品を密かに売りさばいていたのだ。

最初に気づいたのは操様で、けれど操様はすぐには旦那様に伝えなかった。直《じか》に植野さんに忠告したのだ。

操様としては、それで植野さんが止めていればそのまま不問に付すつもりだったのだろう。だが、植野さんは止めなかった。

彼女が一体何を考えてそんなことをしていたのか、私にはわからなかった。お給金は前より減っていたとはいえ十分にもらっていたし、何より、再び盗みを働けば操様に気づかれないはずがないのだから。

そして、今度ばかりは操様も旦那様に報告し、植野さんは即刻解雇されることになった。どう考えても当然の帰結だ。

けれど、その後すぐに植野さんは操様の部屋まで来て、ものすごい形相《ぎょうそう》で操様を睨《にら》みつけたのだ。

『あんたはその子しかかばう気はないんだね』

その子、というのが自分のことだと理解するのに数秒かかった。かばう――あの野犬の一件のことだ、とわかるのに、さらに数秒かかる。

『ああ、やっぱりそうだった。知っていたんだよ私は』

勝ち誇るかのような笑みを浮かべながらそう言い捨てて踵《きびす》を返した彼女に、操様は一言も声をかけなかった。まるで、そんな人間は目の前に存在していないとでもいうかのように。

私の中に一つの想像が浮かんだ。確かめることはできないから、妄想に過ぎないかもしれない。けれど、一度考えてしまったら否定しきることはできなかった。

植野さんは、歳《とし》は私の二つ上だったが、小間使いとしては古株の方だった。操様がまだ八歳の頃、私と同じく操様付きの使用人になるために三条家にやって来たのだという。

だが、植野さんは操様とは反りが合わなかった。そして、女中として働くようになり、その仕事も十全にこなせるようになった頃、私が屋敷に現れたのだ。

私は操様が在宅している時間は、女中としての仕事をせずに操様の遊び相手として過ごすことを許されていた。

三条家は他の奉公先に比べてかなり待遇が良いそうだが、それでも、これほどの時間仕事もせずに遊んでばかりいるなど、本来であればあり得ないことだ。

歌を歌い、本を読み、台所を使って理科の実験までして操様と共にはしゃぐ声を上げていた私を、植野さんはどのような思いで見つめていたのだろう。

植野さんが直接私に何かを言ってきたことはない。女中の仕事を尋ねれば丁寧に教えてくれたし、私にとっても彼女は尊敬する女中の一人だった。

けれど、操様が私をかばうために口にした『山菜を採りながら下りる流れを作ったのは植野さんでしょう』という言葉——それは、植野さんの耳にはどう響いたのか。

植野さんの盗んだものが蔵の中の骨董品であるという事実が、私の想像を裏付けているように思えた。そんなことをすれば操様に気づかれないはずがない。だとすれば、彼女は試したかったのではないか。

——操様が気づいて、それでも自分をかばおうとしてくださるのかどうか。

そして、操様はかばわなかった。何の言葉もかけられず、植野さんは解雇された。事情が事情だから、旦那様が他の奉公先を紹介することもなかっただろう。

住む場所と仕事を同時に失った植野さんは、その後どうなったのか。

帰る郷里があるのならば、まだいい。奉公先から解雇されたというのは大きな不名誉だろうが、ひとまず生きるに困ることはないのだから。

けれど、もしどこにも行く場所がなかったのだとしたら——

悲鳴のようなものが屋敷の反対側から聞こえてきた。

私は箒《ほうき》を放り出して走り始める。植野さんを操様に近づけてはならない。操様を傷つける言葉を口にさせてはならない。

視界が眩暈のようにぐらりと揺れ、足がもつれそうになるのを堪えながら再び速度を上げる。

「操様!」

大きな声で呼びかけながら屋敷を回り込んだ瞬間だった。

私は、思いも寄らぬ光景に足を止めた。

植野さんが、倒れている。

その前には、びしょ濡れで立ち尽くす操様がいた。

いくつもの叫ぶような声が上がり、何人かが植野さんに駆け寄る。植野さん、どうしたの、大丈夫——

「操様」

私の呼びかけに、操様はぎこちない動きで首を回した。

視線が絡んだ途端、その顔がぐしゃりと歪む。

「久美子さん」

操様の手が、私の手へと伸びた。けれど、触れるより一瞬早く、その手が勢いよく引っ込められる。

私は思わず操様の顔を見た。問いかける言葉が、その表情の前に詰まる。操様は、自分の手を凝視していた。まるで、恐ろしいものを見るかのように。

私はとにかく操様をこの場から離すために、操様の背中に手を当てた。そこで操様が震えていることに気づいてハッと顔を向ける。

操様の手は、今度こそ傍目《はため》にもわかるほどに震えていた。操様、と呼びかけようとした声を、どよめきが掻き消す。

「死んでいる」

たくさんの声の中から、その言葉だけが浮かび上がって響いた。

びくっと大きく、手の中の背中が跳ねる。

その首が、植野さんを振り向きかけて、寸前で止まった。

「操様」

「久美子さん」

操様はうつむいたまま、震える声で私を呼ぶ。

だが、それ以上言葉を続けることはなく、しばらくして私が屋敷の中へ促すと、抗《あらが》うことなく歩を進めた。


操様が、その日の出来事について口にすることはその後もなかった。

だから私が知っているのは、近くに居合わせたという他の女中から聞いた話に過ぎない。

あのとき、操様は一人で植野さんと対峙していた。植野さんは右手に灯油の缶を、左手にマッチを持っていたという。

あんたのせいで私の人生は滅茶苦茶になった、と白い唾を飛ばす植野さんに、操様は表情を変えることなく、あなたの人生を滅茶苦茶にしたのはあなた自身でしょう、と告げた。

すると植野さんは顔を歪め、灯油の缶の中身を自身と操様にぶちまけた。見ていた女中が悲鳴を上げ、立ち尽くしたままの操様に駆けつけようと足を踏み出すのと、植野さんがマッチに火をつけるのが同時だったという。

小さな炎は、操様の足元に落とされたが最後、二人の全身を包んで燃え盛るはずだった。

だが、操様が植野さんに腕を伸ばした瞬間、ふいにマッチの炎は消え、植野さんがその場に昏《こん》倒《とう》したのだ。

一部始終を目撃していた女中にも、何が起こったのかわからなかったという。

植野さんの死は、表向きは解雇を不当に思っての抗議の服毒自殺として処理されたが、屋敷の人間は誰一人それを真実だとは思っていなかった。

植野さんは明らかに操様を焼き殺そうとしていた。火が消えてさえいなければ、それは現実となっていただろう。

だが、調べてみたところ、灯油の缶に入っていたのは奇妙な匂いはするものの燃焼性はない液体だったのだ。

一体、植野さんは何がしたかったのか。

狂言によって操様の反応が見たかっただけなのだとしたら、死ぬのが早すぎる。第一、誰も植野さんが何かを口に入れるところを目にしていないのだ。

飲んでから効き目が出るまでに時間がかかる毒だったのだ、だから正確な時機を図ることができず、早く回ってしまったのだろう、と番頭の千藤さんは話したが、やはり釈然としないものは残った。

あれは、本当にそんなことだったのだろうか。

その思いを最も強く抱いていたのは、私と操様だったであろう。

なぜなら、植野さんの死に様は、あの野犬のそれとよく似ていたからだ。

外傷はなく、声も出さずに即死する。不可解で唐突な死。

そして、他にもその共通点に気づく者が出てきた。それがどういう形の噂で広がっていったのかはわからないが、どこからか話が漏れたのだと知ったのは、それから半年ほど経った頃だ。

操様の元へ、二人組の佩刀《はいとう》した海軍の人間が会いに来た。

元々、造船業を営む旦那様のところに海軍の人間が来ることは珍しくはなかった。けれど、常ならば部屋で大人しくしているように命じられる操様がこの日に限って呼び出されたのだ。

旦那様の顔にも困惑が滲んでいて、操様の顔も強張っていた。私はせめて操様のお側にいたかったが、さすがに許しもなく同席するわけにはいかなかった。

気を揉みながら操様の部屋で待っていると、操様は小一時間後に戻ってこられた。焦点の合わない目を宙に向けていて、心なしか顔が青ざめている。

「大丈夫ですか」

私は思わず訊いていた。そう問えば、たとえ大丈夫ではなくとも大丈夫だと答えてしまうのが操様だと知っていながら、それでも訊かずにいられなかったのだ。

だが、操様は大丈夫だとは口にしなかった。まるで私の言葉など耳に入っていないかのように私の脇を通り過ぎ、そうしてからハッと我に返ったように振り返る。

「久美子さん」

私を見た操様の瞳が揺れた。長いまつげが伏せられ、頬に微かな影を落とす。

「操様」

私は操様に一歩近づいた。

「どのようなお話だったのですか」

本来ならば私のような立場の者が尋ねていいことではないと承知していた。相手が軍人だということは、機密に関わることもあり得る。そうそう使用人に話せることではないだろうし、そうである以上、問えば困らせてしまうだけだと。

けれど、ここは踏み込まねばならないのだという気がした。植野さんの一件以来、操様はずっと何らかの思いに沈み込んでいるように見えた。必要最低限の会話しかせず、後は書物を読んでいるか宙を睨んでいる。

時折私の方を見たが、視線を合わせると逸《そ》らされ、私に他の女中の仕事を手伝ってくるように命じることも増えた。操様は、植野さんがいなくなって仕事が回らなくなっているだろうから、と説明したが、無論それだけが理由ではないのは明らかだった。

それでも、操様が一人で考えたいことがあるのならその邪魔はできないと思ってきたのだ。

だが、これほど危《あや》うげな様子を見せられてしまえば、これ以上黙って見ていることはできない。

「もちろんお話しになるのが難しいことであれば、無理におうかがいはいたしません。ただ、もし私に話すことで操様のお気持ちが少しでも軽くなるのならば、私は喜んで拝聴いたします」

操様は口を開きかけ、閉じた。躊躇いも露《あら》わに視線を泳がせ、唇を噛む。

私は待った。操様の中で気持ちが揺れているのが見て取れたからだ。揺れているということは、話したい思いがあるということだ。

やがて操様は、「久美子さんならば、私が話さなくてもいつか耳にしてしまうかもしれないわね」と自分に言い聞かせるようにつぶやいてから、さらに「信じがたい話なんだけれど」と前置きを挟んで話し始めた。

それは、たしかにあまりにも荒唐無稽《こうとうむけい》な話だった。

軍の人間は、野犬と植野さんの死因は操様のある能力が使われたことによる窒息死ではないかと考えていて、詳しい検査をするためにも一度軍の研究所に来て欲しいと言っているというのだ。他にも同様の能力を持った人たちが何人もいて、彼らは海軍のある部隊に所属しているのだという。

彼らは他の能力者が力を使うとそれを感じ取ることができ、植野さんが死んだ日にこの辺りで力が使われたのは間違いないと断言している。具体的にどの場所かまでは絞り込めないが、噂の内容からすれば、この三条家で使われた可能性が高い。検査の結果、能力が証明されたら操様のこともその部隊に迎えたいのだという話に、私は言葉を失った。

そんな馬鹿げた話があるわけがない。だが、そう一蹴《いっしゅう》することができなかったのは、現に、どうしても説明がつかない出来事を目《ま》の当たりにしていたからだ。

「お父様は何かの誤解だと主張されたわ。たしかに使用人たちの間には根も葉もない噂が流れているけれど、野犬は別の獣に襲われただけだし、死んだ使用人は服毒自殺を図ったに過ぎないのだと。軍の人たちは納得はしていないようだったけれど、ひとまずは引き下がって帰られた」

操様の言葉に、私はいつの間にか詰めていた息を吐く。だが、操様は「でも」と続けた。

「他でもない私は知っているのよ。あのとき別の獣なんていなかったし、植野さんは何も口にしていない。もし事前に毒を飲んでいて、それが時間差で効いてきたのだとしたら、苦しまずに突然死ぬなんてあり得ない」

静かな表情を旦那様の部屋の方へと向ける。

「あの人たちが引き下がったのは、お父様の持つ富と権力も関係していたでしょう。確信が持てない以上、いくら軍とはいえ強制的に連行するのは憚《はばか》られた――だけど、あと一度でも同じような事件を起こしてしまったら、もうお父様にも抗うことはできない」

「そんな……」

「能力が発動するのは、殺意を抱かれたとき」

操様は、私を見据えて言った。

「この力を持つ者は、殺意を抱かれたら相手を先に殺してしまうの。反撃しようと考えなくても、本能が危機を察知するだけで自動的に力が発動してしまう。――野犬も、植野さんも、私を殺そうとしていた」

考えてみれば無敵よね、と操様は唇を歪める。

「軍隊が欲しがるのも当然かもしれない」

私は呆然と操様の言葉を反芻《はんすう》した。反撃しようと考えなくても、本能が危機を察知するだけで自動的に力が発動してしまう――それはつまり、軍の部隊に所属すれば人を殺め続けるようになるということではないか。

その翌日から、旦那様は操様が女学校に通うのを禁じ、私に操様を監視するよう命じられた。私は操様から聞いた話を決して口外しないようにと言い含められ、無論私も決して誰にも話しはしなかった。

だが、なぜ秘密というものは暴かれてしまうのだろう。しばらく経つ頃には屋敷内の人間で知らない者はいなくなってしまったのだった。

操様に近づく人間はいなくなった。

誰もが操様の姿を目にすると怯《おび》え、それを操様に悟られないように足早に立ち去るようになった。食卓には操様の苦手な食べ物は並ばなくなり、操様も誰かに対して問いを投げかけることはしなくなった。

殺意さえ抱かなければいい、と考えるのは早計だった。なぜなら、殺意の判断基準がどのようなものなのかわからないのだから。

怒り、嫌悪、恐怖――そのどれもが、殺意だと誤認されない保証はなかった。

そして、操様の能力を恐れるということは、同時に操様自身を忌《い》むことに繋がるのだった。恐ろしい、近づきたくない、できればいなくなって欲しい。それが殺意の一種として誤認されないと誰が断言できるだろう。

害意を封じることはできても、恐れを抑えることはできない。

屋敷を離れたいと願い出る女中はいたが、これを旦那様は許さなかった。三条家から出してしまえば、噂が漏れるのを止められなくなる。

こんなことさえなければ、操様には幸せな将来が約束されていたはずだった。様々なことを学び、豊かな家に嫁ぎ、子を産む。当然つらいこともあるだろうが、その中でも幸福を見つけ、創り出せるのが操様という人だった。

だが、それらがすべて失われた。

操様が再び自由に学べる日は来ない。誰に嫁ぐこともないまま、一生をこの屋敷の中で過ごさねばならない。

やがて、操様は私を詰るようになった。

あのとき、あなたが道を間違えたりしたから野犬に襲われることになって、こんな能力が目覚めてしまったのだ、と。

操様は泣き、私に命じた。

「あなたのせいよ。あなたのせいで私は一人になったんだから。あなたまで私から逃げるなんて許さない」

操様は、私を一時も側から離そうとしなくなった。女中としての仕事へ向かうことも許されず、操様の部屋で一日を過ごす。旦那様も奥様もそれを咎めず、むしろ助かるとばかりに傍観していた。

操様はそれまでのように私と過ごすことを望んだ。徒手体操、唱歌、裁縫、写生。台所を使う理科の実験はできなくなったが、代わりに本の感想を語り合うことが増えた。

それでも時折、操様は怯えるような目線を私に向けた。まるで、私の中の操様への嫌悪感を測ろうとするかのように。

操様は、急速に精神の均衡を崩していった。

はしゃいでいると思えば突然塞ぎ込み、苛立ちを露わにした直後に泣いて私に謝った。どうすればいいかわからないという思いは、おそらく誰よりも操様自身が抱いていたのだろう。

私もまた、日を追うごとに失望を膨らませていった。操様へ対するものではない。操様から離れたいと思ってしまう自分に対してだ。

私は、今後一生を懸けて三条家に仕えていこうと心に誓っていたはずだった。それなのに、繋がれた手を振り払ってしまいたいと考えている。

こんな日々がこれから一生続くのかと思うと、気が狂いそうになった。操様は、眠るときも一人になることを許してくれない。隣で眠り、操様の寝息が聞こえてくるまでは安心できない。いや、眠っても心から安堵できるわけではないのだ。力は、操様の意思とは関係なく発動するというのだから。

眠りに落ちるたびに、もう二度と目覚めることはないかもしれないと考えた。この天井が、私が目にする最後の景色になるのかもしれない、と。

死んだ後はどうなるのか、ということも繰り返し考えるようになった。死ぬとは何なのか。生きるとは何なのか。人はなぜ生まれてきて、死ぬのか。

以前ならば、操様と語り合おうとした命題だっただろう。二人で議論を交わせるのならば、そこには楽しさもあったかもしれない。けれど、その操様に殺されるかもしれないという恐怖の中で、操様とその話をする気にはどうしてもなれなかった。

男が現れたのは、そんなある日だったのだ。

旦那様たちは屋敷を離れ、屋敷には私と操様だけが残されていた。そして、操様は旦那様と奥様と他の使用人たちがいない好機を逃さず蔵へ向かい、男もまた、蔵へと足を進めている。

男に情報を与えた人間は、何が起こるのかを容易に予想できたはずだ。

男が操様を殺めようとして操様の能力で殺されれば、その死は操様の能力を証明して、操様は今度こそ軍隊へ引き渡されることになるのだと。

操様がこの屋敷からいなくなることは、もはや使用人たちにとっては悲願ですらあった。それに反対していたのは旦那様と奥様だけ。

私には、その人間が考えたであろうことがよく理解できた。

なぜなら、それは私の望みでもあったからだ。

＊

男はもう、蔵の前まで進んでいた。

私は拳を強く握ったまま、その横顔を見つめる。

あと数歩——それで、すべてが終わる。

やっと自由になれるのだ、と自分に言い聞かせた。操様から離れ、普通の使用人として生き続けることができる。私自身は何もすることなく、男を殺めた操様が来たら、昼食の支度をしていて男の来訪に気づかなかったのだと驚いてみせればいい。

そう、考えた瞬間だった。

私はふいに、気づいてしまう。

自分が真に恐れていたのが、殺されることそのものではなく、操様に能力を使わせることで、私の中の恐怖が殺意として操様に伝わってしまうことだったのだと。

操様にだけは知られたくなかった。どんなことがあっても、誰が操様から離れても、ただ一人、私だけは操様のことを慕い続けている存在でありたかった。だから、私の中にある裏切りに気づかれてしまう前に、操様から離れたかったのだ。

愕然《がくぜん》として見開いた目に、男の姿が飛び込んでくる。男が一歩前に進む。腕が蔵の扉へと伸ばされる。

——待って。

足元から玉砂利のこすれる音が響いた。けれど男の耳には届いていないのか、男は振り返らない。

止めなければならない。行かせてはならない。これ以上進ませては——

その瞬間。

男の身体が動きを止めた。

膝が折れ、その勢いに抗うことなく崩れ落ちていく。まるで時の流れの速さを狂わされたかのように、ゆっくりと。

地面に倒れ込んだ男は、そのまま動かなかった。

私の足が、見えない何かに引かれるように、交互に男の方へと進んでいく。ぐわん、ぐわん、と眩暈のような脈動が頭を揺さぶっていた。その視界の揺れに、吐き気が込み上げる。

男の姿が、眼下に収まった。虚《うつ》ろに開かれたままの目、弛緩した唇、呼吸の動きが伝わっていない背中。

——外傷はなく、声も出さずに即死する。不可解で唐突な死。

男は、まだ蔵の中を目にしてはいなかった。操様がいることも知らず、殺意など抱きようもなかった。

だとすれば、これが操様の能力の結果であるはずがない。

操様から聞いた能力についての説明が脳裏に浮かび上がる。

野犬と植野さんの死因は能力の結果による窒息死、同様の能力を持った人たちは海軍のある部隊に所属している、殺意を抱かれたら相手を先に殺してしまう、本能が危機を察知するだけで自動的に力が発動する――

本当のところ、ずっと違和感はあったのだった。

もしそんな能力があるのだとすれば、それを最も発揮できるのは海軍よりも陸軍のはずだ。軍艦同士の戦いになったとしても、相手の軍人は能力者個人を認識し、殺意を向けることはほとんどないのだから。

軍艦に砲弾を当て、沈没させる。そうした意図の結果として殺されることになるだけで、それでは能力を使う機会がない。

私は、震える手を蔵の扉へと伸ばした。軋《きし》む音を立てて、扉が開く。

考えられることは、一つだった。

――能力についての説明に、誤りがある。

操様は、大きな柳行李《やなぎごうり》に寄り添うようにして眠っていた。

長いまつげを下ろし、小さな唇をあどけなく開いた顔。その胸は、柔らかく規則的に上下している。

「操様」

操様のまつげが、ぴくりと震えた。そのまま、ゆっくりと空気を細かく扇《あお》ぐようにしながら上げられる。

操様の双眸が、私を捉えた。

「久美子さん」

操様は上体を起こし、目をこすりながらあくびをする。

「ライスカレー、できたの？」

私は答えることができなかった。これが演技だとはとても思えない。だとすれば、やはり操様は、この状況を認識していないということになる。

「久美子さん？」

操様は不思議そうに首を傾げ、立ち上がった。どうしたのよそんな怖い顔をして、と微笑みながら私の前まで歩み寄り、そして、私の背後に視線を向けて短く息を呑んだ。

「操様、以前お話しいただいた能力についての説明には、偽りがありますか」

私は、あえて、誤りではなく偽りという表現を用いた。操様は、固まったままの表情を私へ向ける。

「この男は、この屋敷に操様と私がいることには気づいていませんでした。つまり、殺意を抱けたはずがないのです」

私の声はかすれていた。

「本当は、殺意の有無など関係ないのではないですか」

能力についての説明を口にしたとき、操様は『能力が発動するのは、殺意を抱かれたとき』だと断言していた。

『この力を持つ者は、殺意を抱かれたら相手を先に殺してしまうの。反撃しようと考えなくても、本能が危機を察知するだけで自動的に力が発動してしまう。――野犬も、植野さんも、私を殺そうとしていた』

私を見据えて、まるでそれが必須の条件なのだと強調するかのように。

その説明があったから、私は操様が能力者なのだと信じて疑わなかった。野犬のときはともかく、植野さんが殺意を向けていた相手は、操様だけだったのだから。

だが、それが操様によって意図的に付け加えられた偽りだとすれば、すべては反転する。

野犬のときも、植野さんのときも、私は相手の存在を認識していた。そして今、この男の存在を認識していたのは、私だけ。


来るな、来るな、来るな——

植野さんを操様に近づけてはならない。操様を傷つける言葉を口にさせてはならない。止めなければならない。行かせてはならない。これ以上進ませては——


どのときも、私は強く念じていた。相手の動きを止めなければならない、と。

「……能力を持っているのは、私の方だった」

操様の顔に浮かんだのは、驚きではなかった。失意、後悔、落胆——そのどれもが、一つの答えを示している。

操様は、知っていた。

知っていて、隠し続けていたのだと。

「どうして」

私の口からは、私のものではないような声が漏れた。操様は唇を閉ざしたまま、目を伏せる。

「どうして仰《おっしゃ》らなかったんですか」

本当のことを言っていれば、操様がこんな立場に置かれることはなかった。これまで通り女学校へ通うことができ、誰からも避けられることなどなく、開かれたままの将来があった。

「偽る必要なんて――」

「だって」

操様が潤んだ目を上げた。

「能力者が久美子さんの方だと知れば、お父様は躊躇いなく軍に差し出していたでしょう」

全身から力が抜ける。

――そんなことの、ために。

そんなことのために、操様は自分が能力者だと疑われて孤立することを選んだというのか。能力についての説明を偽ってまで――私の側にいれば、いつ私に殺されるかもわからないというのに。

操様は時折、怯えるような目線を私に向けていた。私はそれを、私の中の操様への嫌悪感を測っているのだろうと思っていた。

だが、そうではなかった。

操様は真実、私に怯えていたのだ。

気が狂いそうなほどの恐怖、常に死の近くにいるということ、眠りに落ちたらもう二度と目覚めないかもしれないと思いながら、意識を手放す日々。私がずっと感じていたように――いや、違う。

操様は、力が発動するのに殺意の有無は関係ないことを知っていた。それはつまり、自分の意思では防ぎようがないということなのだ。

「どうして」

唇からつぶやきが漏れる。

「それならせめて、私にだけでも本当のことを話してくだされば……」

「話していたら、あなたはどうしていた？」

操様は尋ねるというよりも、つぶやくような声音で言った。

「それは……」

私はうつむく。

話してもらっていたとしても、私には力を使わずに済む方法がわからなかっただろう。そうである以上、私が進める道は一つだけだった。旦那様に名乗り出て、検査を受け、軍へ行く。能力を有しているのが自分だと知りながら、操様に罪を着せ、操様のすべてを奪って、のうのうとお側に居続けられたはずがない。

操様は、ゆっくりと私の脇を通り過ぎた。男の死体の傍らにしゃがみ、その懐に手を差し入れる。

引き抜かれた手には、短刀があった。

「これで刺してしまえば、普通の死だということになるわ」

「操様」

私は操様の手から短刀を奪い取った。

「操様にそんなことをさせるわけにはいきません」

「それ以外に方法がないでしょう？　この男の死が能力によるものだと知られれば、私は検査を受けることになる。検査の結果、私には能力がないとわかったら、矛先を向けられるのは久美子さんだわ。植野さんのときにはすぐ近くにいなかったから、ひとまず疑われることはなかったのだろうけど、あなたがあのときすぐに駆けつけてきたことも、野犬に襲われたときに私と一緒にいたことも、調べればすぐにわかってしまうんだから。――けれど、私が能力ではなくこの短刀で殺したのだと言えば」

伸ばされた操様の手を避《よ》けるために、私は身を引く。

「それなら私が刺しても同じです」

「同じじゃないわ」

操様は私を見据えて強く言った。

「たとえ正当防衛だとしても、あなたはもうこの屋敷にはいられなくなってしまう」

「私のことなんていいんです。それより操様の将来が……」

「将来なんていいのよ。私は久美子さんといられれば」

私を遮って微笑む操様に、言葉を失う。どうすればいいのかわからなかった。どうすれば、操様の意思を変えることができるのか。

私は乾いた唇を舐《な》め、息を吸った。

「操様が罪に問われれば、旦那様のお立場も悪くなります」

もはや、そこに訴えかけるしかないように思えた。操様は、自分のことよりも旦那様がどうなるかの方を気にするはずだ。

だが、操様はあっさりと首を振った。

「仕方ないわね」

「操様！」

「ねえ、久美子さん」

操様が唇の端を上げる。

「今日、どうしてこの男がここに来たんだと思う？」

それは、と答える先が続かなかった。

この家の誰かが、男に伝えた。考えていたことを、そのまま口にできるはずがない。

何も言えずにいる私に向かって、操様が続けた。

「お父様がこの男に情報を流したのよ」

「旦那様が？」

私の声が裏返る。

「何を仰っているんですか。そんなわけがないでしょう。旦那様はあれほど操様をかばっておいでで……」

「だったら久美子さんは、誰が伝えたんだと思うの？」

「それは……使用人の中の誰かが」

「そんなことをして、もし計画が失敗すればすべてが明るみに出るでしょう。そして、成功を確信できるほど、この計画は綿密ではない」

操様は淡々とした口調で言った。

「たとえ実際に男に伝えたのが使用人の誰かだったのだとしても、その人はそれをお父様も望んでいることを知っていたのよ」

「もし旦那様が、操様が検査されることを望んでいたのなら、海軍の人たちが来たときに抗ったりするはずがないじゃありませんか」

「事情が変わったのよ」

操様が、屋敷の方へ目を向ける。

「久美子さんも知っているでしょう？　昨年のワシントン海軍軍縮条約」

無論、知らないわけがなかった。

この三条家に大きな打撃を与えた出来事なのだから。

戦争が終結して軍艦の受注隻数が激減し、いくつもの造船業者が廃業に追い込まれながらも、何とか三条家が造船業を続けてこられたのは、海軍の後ろ盾があったからだ。だが、大正十一年二月、米英に対して日本の主力艦の保有比率を五対三の割合まで制限するというワシントン海軍軍縮条約が採択されてしまった。造船業者にとっては致命的とも言えるような事態だ。

「お父様には、海軍に恩を売る必要が出てきたのよ」

私は短く息を呑んだ。

十日前の出来事はお父様にとっては天啓のようなものだったのでしょうね、と操様は他人事《ひとごと》のように続ける。

「強盗相手ならば、犠牲にしても心は痛まない。不運な事故として、お母様にも責められること なく私を海軍に差し出すことができる」

私は何も言えなかった。

操様は、そんなことまで考えていたのだ。

「もちろんずっと覚悟していたわけではないわ。でも、実際に強盗が今日に限って忍び込んできたのが単なる偶然だなんて、さすがに私も思えない」

操様は力ない笑みを浮かべた。その横顔に、胸が強く痛む。

操様を置いていきたくない、と思った。

私がいなくなれば、操様はどうなるのだろう。――いや、そうではない。操様は私のせいでこんな思いをすることになったのだ。

私は奥歯を嚙みしめた。

――なぜ、私にはこんな能力があるのか。

私に能力さえなければ、操様はこんな思いをすることはなかった。能力があったから操様を救えたのだと思うのは誤りだ。そもそも私がいなければ植野さんが操様を恨むこともなく、強盗にだって野犬にだって遭わなかったはずなのだから。

全身の筋肉が骨から剝《は》がされたかのように、腕が、脚が、身体が重くなっていく。

私は、敷地内の光景を虚ろに眺めた。

この位置からは、美しく剪定された木々と整然と並んだ庭石、客座敷しか見えない。だが、まぶたの裏には、城を連想させる白い土塀と重厚な瓦、緑青色の荘厳な庇を背負ってそびえる玄関が――ここでこれから奉公するのだと、衝撃と共に眺めた景色が蘇る。

――旦那様が帰ってきたら、真実を告げる。

そう心に決めると、ほんの少し呼吸が楽になる気がした。ああ、そうだ。操様の意思を変える必要なんてないのだ。操様がいくら私をかばおうと、検査をすればすべてが明らかになるのだから。

「操様」

そう、呼びかけようとしたときだった。

突然、地面が大きく揺れ始めた。

「久美子さん」

私は咄嗟に操様の腕をつかんだ。引き寄せて胸の中に抱え込み、蔵に背を向けて駆け出す。

――地震？

けれど、こんなにも大きな揺れは経験したことがない。

揺れは跳ねるように大きくなり、背後で何かが崩れるような音が響いた。逃げなければならない。とにかく蔵から離れなければ。だが、あまりに激しい揺れに、歩くことさえままならなくなる。

――せめて操様だけでも守らなければ。

私は腕に力を込め、目を瞑《つむ》った。

揺れが弱まるまで、どのくらいの時間が経ったのか。

腕の中から、久美子さん、という声が聞こえた。

私は腕を解いて操様を見下ろす。

「操様、お怪我は」

「私は大丈夫、久美子さんは」

問題ありません、と答えながら背後を振り返り、息を呑んだ。

——蔵が崩れている。

大量の瓦と柱が、私たちの真後ろで積み重なっていた。——倒れていた男の上に。

「久美子さん！」

操様が悲鳴のような声を上げた。私は操様の視線の先を見やり、目を瞠《みは》る。

屋敷から、火が上がっている。

私は操様から離れ、屋敷へ向かって駆けた。男が来たとき、私は竈で火を使っていた。私は、あの火を消していない——

「久美子さん、待って！」

足がもつれる。夢の中で走るときのように、地を蹴る感覚がない。

それでも何とか屋敷に辿り着いて開いたままの勝手口から駆け込むと、竈は炎に包まれていた。

「久美子さん！」

「操様は外にいてください！」

私は鋭く叫ぶ。早く消さなければ。このままでは、すべてが燃えてしまう。私は盥《たらい》に水を汲み、竈へかけた。だが、火は少しも弱まらない。

「久美子さん」

間近から聞こえた声に、ハッと振り返る。

「操様、外にいてくださいと――」

声が轟音に掻き消された。

咄嗟に身をすくめて目を閉じる。

一瞬後、開いた目の前には倒れた柱が横たわっていた。その上をすばやく舐めるように火が広がっていく。

――これでは、外に出られない。

勝手口も窓も隣室へと繫がる通路も、すべて炎に閉ざされてしまっている。

私は呆然と立ち尽くし、隣で腰を折って噎《む》せている操様を見る。

――何ということだろう。

視界が暗く狭くなっていくのがわかった。

私はまた、操様を巻き込んでしまった。操様の安全のことを第一に考えるのならば、私は屋敷に飛び込むべきではなかったのだ――

「久美子さん」

操様は目尻の涙を拭いながら私を見上げる。

「あなたの能力を使えば、この火が消せるんじゃないかしら」

「能力を？」

どういう意味なのかわからなかった。

野犬や植野さんや強盗を殺めた能力が、何に使えるというのか。

だが、操様は咳《せ》き込みながら続けた。

「あなたの能力は、炭素を操る力なの」

たんそ、という響きの意味が、すぐには脳内で変換されない。

それは、あまりにも突拍子もない言葉だった。

これが操様の言葉でなければ、そして、こんな状況下でなければ、まさか、と答えてしまっていたところだろう。そんなことが人間にできるわけがない、と。

だが、操様は「植野さんの死因は窒息死」と早口に言った。

「空気中にたくさんの炭素が集められて酸素と結合してしまえば、呼吸をしても酸素を取り入れることはできなくなる」

頭の中に、操様と共に学んだ化学の知識が蘇る。

世界を構成する様々な原子。H、O、C、N――暗号のように並べられる文字が描く鮮やかな光景。

「そして、火も燃え続けることはできなくなる」

私は、見開いた目を操様へ向けた。

――操様は、これを伝えるためについてきたのだ。

火の回る屋敷の中へ、危険も顧みずに。

私は操様の顔から視線を剥がし、炎に対峙した。

どうすれば力が使えるのかはわからない。私は、自分にそんな力があることすら知らずに生きてきたのだから。

だが、私は野犬のときも植野さんのときも強盗のときも、相手の動きを止めなければならないと念じていた。強く、強く、一心に。

私は目を瞑り、迫り来る炎を頭の中に思い描く。

――来るな、止まれ、消えろ。

炎に圧力を加えるように、念を全身から外側へ向けて押し広げていく。

決して操様を巻き添えにしてはならない。黄色い煙のようなものが脳裏に浮かぶ。その揺れ動く細かな粒の一つ一つを、私たちから離れた場所へ向けて追いやっていく。

顔面を炙《あぶ》る熱が少しずつ弱まっていくのを感じた。もう少し。額に脂汗が滲む。甲高い耳鳴りが聞こえる。――消えろ、消えろ、消えろ！

パンッ、と弾けるように視界が白くなる。

「久美子さん」

操様のつぶやきは、耳鳴りに掻き消されてほんのわずかしか聞こえなかった。

私は倒れそうに重い頭を腕で支え、肩で息をする。

目の前は、赤かった。

先ほどまでよりは勢いが弱まっているものの、火は消えていない。

――ダメだ。

私の力では、これだけの広い空間に炭素を満たすことなどできない。

頭が痛い。気持ち悪い。堪えきれずにその場で嘔吐《おうと》すると、操様は「久美子さん！」と叫んだ。

「大変、一酸化炭素中毒かもしれないわ」

吐物がついた私を構わず抱きかかえる。違うのだと説明しなければと思った。これはおそらく、能力を使うことによって生じる反動のようなものなのだ。

私は、野犬に襲われたときも、植野さんが倒れた後も、視界が揺れるような眩暈を感じていた。たしかに酸素と炭素の結合具合によっては、一酸化炭素が発生することもあるだろうが、そうであれば操様が無事なことに説明がつかない。空気中に炭素を集めたのはたしかだけれど——そう考えたときだった。

私はふいに、思い至る。

——この炭素は、どこから来たのだろう。

操様は、この能力について、炭素を操る能力だと言っていた。操る——つまり、生み出しているわけではない。

再びまぶたを閉ざし、意識を周囲に集中させる。炭素を知覚する際に表象として浮かぶ黄色——それは周囲の空間の中で、奇妙に偏っている。

ハッと目を開ける。

あのとき、野犬の側に落ちていた流木はひどく脆《もろ》くなっていた。

あのとき、植野さんが手にしていた灯油の缶から検出されたのは、奇妙な匂いはするものの燃焼性はない液体だった。

木にも灯油にも、炭素が含まれている——

電流のような何かが、全身を駆け抜けていく。

――つまり、これは、炭素をある場所からある場所へと移動させる力なのだ。

私は野犬に襲われたとき、手に持っていた流木から炭素を抜き、野犬の顔の周囲に集めた。植野さんのときは灯油から炭素を抜き、同じく彼女の周囲にある酸素と結合させた。

――ああ、だから。

だから、海軍だったのだ。

海軍が欲していたのは、人を殺める能力などではなかった。

本当に重要だったのは、炭素を抜く力の方――そんな力があれば、軍艦を動かすための燃料を破壊できる。

そこまで考えたところで、私は急速に思考が曇っていくのを自覚した。これ以上は考えてはならないのだと、何かが告げていた。これ以上考えてしまえば、気づいてしまうのだと。

だが、そう感じた時点で、私はもう理解していたのだろう。

なぜ、操様が能力の説明をする際、偽りを付け加えたのか。

私を軍隊に引き渡さないため以上の――本当の理由を。

私は、膝に手をついて立ち上がる。

「操様」

震える腕を伸ばし、背後に迫った木の壁を指差した。

「ここから脱出しましょう」

「え?」

「この壁は脆くなっているはずです」

あの沢のそばで、体重をかけただけであっけなく折れた流木のように。

腹に力を込め、飛び込むようにして全身で壁にぶつかる。一回、二回、三回——バキィッ、という激しい音と共に、壁が割れた。

その瞬間、背後から爆発するような熱風が吹き付けてきて、一気に外へ弾き飛ばされる。

「久美子さん！」

倒れ込んだ私の腕を、操様が強く引いた。

私は首を捻《ひね》って振り返り、吠えるように燃え盛る火の塊を呆然と見つめる。

「……助かった」

操様のつぶやきが、遠くくぐもって聞こえた。

その中で、私は赤い光に照らされた操様の横顔を眺める。

——操様は、気づいていたのだろう。

私の父は、視力の低下により研究所を辞めた。

父は、研究所に勤めていた頃、深酒をすることが多く、私はそれを案じていた。

あのとき、私はお酒を飲み続ける父を見て、止めたいと願っていたはずだ。強く、念じるように。

飲料用のアルコール、つまりエチルアルコールから炭素を一つ抜けば——失明の原因となるメチルアルコールになる。

おそらく、操様は軍人から能力について説明を受けたときに、その可能性にも気づいたのだろう。だから私に伏せようとした。能力の説明に偽りを付け加えて私が疑念を抱かないようにし、私が一人でいるときに能力を使って気づいてしまわないよう、私を側に居続けさせた。

――私に、父を死に追い込んだのが私自身なのだと気づかせないために。


頬を、熱いものが伝っていくのを感じた。

泣いてはならない、と歯を食いしばる。けれど、嗚咽《おえつ》が漏れてしまう。呼吸が荒くなっていく。

「久美子さん」

操様が私の手を握った。

私は、焦点の定まらない目で、繋がれた手を見下ろす。

「操様」

呼びかける声が震えた。

「……私は、操様のお側にいたいです」

「そうよ、ずっといて」

「でも、操様に罪を着せたまま、お仕えすることはできません。操様は検査を受けて、能力など持っていないことを証明してください」

「久美子さん！」

操様が慌てた声を出した。

「何を言っているの。そんなことをすれば久美子さんが検査を受けることになってしまうって言っているじゃない」

「大丈夫です」

私は目を閉じて、意識を高めていく。黄色い煙が脳裏に浮かんだ。以前は、認識することはできても意味が理解できなかった、そのあまりに細かな原子の動き。

私はもう、どうすればこの力を使えるのかわかる。

そして――どうすれば、使わずにいられるのかも。

「私は、検査をくぐり抜けてみせます」

操様が息を呑む音が聞こえた。

許されないことなのだろう、と私は思う。私が力なんて使わなければ、父が目を患うことはなかった。植野さんも、自ら死のうとしていたとはいえ、寸前で思いとどまる可能性はあった。強盗だって、本当に操様を殺そうとしたとは限らない。私は、それらの可能性を力によって潰した。おそらく、力が証明されたとしても、罪に問われることはないのだろう。だが、真実を告げた上で免罪されることと、真実を隠すことは違う。

それでも私は、真実を告げない。

一生を懸けて、操様にお仕えしていくのだ。

私は、目を開く。視界の中心に、繋がれた手が映る。私が逃れたいと思い、振り払おうとしていた手――操様が望みさえすればすぐにでも離せるにもかかわらず、決してほどこうとはしなかった手。

私は、その手を強く握り返した。

あとがき

本書は単著としては十五冊目の本になるが、あとがきなるものを書くのはこれが初めてだ。

これまでにも（連作ではないという意味で）独立した短篇集はいくつか出してきたものの、それらの収録作はどれも同じ版元である程度「裏テーマ」を決めて書いたもので、執筆の背景等はあえて書かなくてもいいかと考えていたからだ。

（ちなみに『今だけのあの子』は「女の友情」、『許されようとは思いません』は「情念と犯罪」、『汚れた手をそこで拭かない』は「お金」、『神の悪手』は「将棋」がテーマで、『今だけのあの子』と『神の悪手』は連作とまでは言えないけれど、世界観が繋がっていて各話の登場人物が互いに出てきたりする）

しかし本書は、本当にバラバラの短篇集である。

どれも世界観からしてまったく異なるため、登場人物が行き来できようはずもない。

ただ、「この作品を書いたからこの作品を書くことになった」という執筆経緯の繋がりはあったりするし、競作アンソロジーの一作として書いた作品については、元々のアンソロジーのテーマが何だったのかを知ってもらった方が楽しんでもらえるかもしれないので、簡単な各話解説を執筆順に書いてみることにする。

「九月某日の誓い」

〔初出：「小説すばる」二〇二〇年五月号、伴名練編『新しい世界を生きるための14のＳＦ』（ハヤカワ文庫ＪＡ）、『２０２１　ザ・ベストミステリーズ』（講談社文庫）収録〕

二〇一九年に伴名練さんの『なめらかな世界と、その敵』を読み、「うわーめちゃくちゃ面白い！　こういう特別な世界設定だからこそ生まれる関係性の話を書いてみたい！」と思って、私としては初めて現実ではない世界観を作って書いた話。

ＳＦに憧れながらも、「ＳＦを書きたい」と言っていいのかわからず、あくまでも特殊設定ミステリとして書いたつもりだったが、結果的に日本推理作家協会の推理小説年鑑に選出されたのち、何と伴名練さんからＳＦアンソロジーに収録したいというご連絡をいただけたことで、「え、私もＳＦに挑戦していいってことかしら！」と完全に舞い上がった。

自分としては読み切り短篇として書いたものの、「続きを読みたい」という声をたくさんいただいたので、この話を第一話として長篇にする方向で二百枚ほど続きを書いてみたのだが、途中で「この二人の関係性で最も書きたい瞬間は九月某日～のラストで、この後はいくら書き続けていっても失速する」と気づいてしまい、結局続きはお蔵入りさせることにした。

いつか、彼女たちについてどうしても書きたいシーンが新たに浮かんだら、改めて続きを書くかもしれない。


「この世界には間違いが七つある」

〔初出：「小説現代」二〇二一年二月号、『非日常の謎　ミステリアンソロジー』（講談社文庫）収録〕

小説現代で「非日常の謎」をテーマに競作してほしい、という依頼をもらって書いた話。

企画書には学園祭前夜、台風で停電した夜、大好きな祖父のお葬式など、「非日常」の解釈は広く捉えてよい、とあったので、天邪鬼な私は「だったらできるだけ狭く捉えたい！」と思って、日常と非日常がはっきり分かれる話を書くことにした。

こんな一発ネタのふざけた話を書いていいんだろうか……と不安に思わなくもなかったが、編集者の懐が深くて助かった。

「登場人物にとっての非日常とは何か」を掘り下げて考えなかったら生まれなかった話なので、アンソロジーテーマには感謝している。

「三十五万分の一」

〔初出：メフィストリーダーズクラブ二〇二二年十二月二十六日配信、『嘘をついたのは、初めてだった』（講談社）収録〕

これも、アンソロジーテーマがあったからこそ思いついた作品。

メフィストリーダーズクラブで「執筆者全員が同じ一行から始まるミステリを書く」という企画があり、私に与えられたお題は「嘘をついたのは、初めてだった」という一行だった。

依頼をもらって最初に思ったのは「そんなことある？」で（おそらくほとんどの執筆者がそう思っただろう）、どうやったらその一行が嘘にならないようにするかを考えていて出てきたのが、「なぜなら、嘘をつくと消えてしまうからだ」という二行目だった。

「嘘をついたら取り返しがつかないことになる世界観にすれば成立するだろう」という単純な発想だが、他の執筆陣の作品を読んだところ、世界観を変えずに上手いこと成立させている作品がいくつもあり、なるほどその手があったか……と何度も唸らされた。

しかし、「嘘をつけば取り返しがつかなくなることがわかっている主人公が、それでもつくことを選んだ最初の嘘とはどんなものか」を考えるのは楽しかったので、個人的にはこの世界観にしてよかったと思っている。

「ゲーマーの Glitch」

〔初出：『NOVA　2023夏号』（河出文庫）〕

「やっぱりSFに本気で挑戦したい……！」とうずうずしていたところ、大森望さんから『九月某日の誓い』が面白かったから次はNOVAに書いてみないか」という連絡をいただき、「憧れのNOVA！」とテンションが上がりまくって書いた話。

架空のゲームのRTA実況小説を書いてみたいという思いは以前からうっすら抱いていたので、二〇四八年発売のゲームが二〇六〇年のRTA世界大会でプレイされるところを書こう、せっかくだから脳波でプレイヤーの情動をコントロールするゲームにしたら、ストーリーなんて完全に知り尽くしているはずのプレイヤーが超スピードでプレイしながら感動したり驚いたりする姿が書けて面白いんじゃないか、とワクワクしながら設定を詰めていった。

作中内のゲームのストーリーや敵キャラ、バグ技を考えていくのが楽しく、「これは取材だから」と言い張ってRTA実況動画を観まくる時間も楽しかった。

作中の時間経過と実況にかかる分数を乖離させないために、全文をタイムを計りながら読み上げていたら、家族に気味悪がられたのもいい思い出である。

「魂婚心中」

〔初出：「SFマガジン」二〇二四年二月号〕

『新しい世界を生きるための14のSF』の際にやり取りをした溝口力丸さんから、「ミステリ作家にSFをテーマにした新作読み切りを書いてもらう企画を考えているんですが、芦沢さんも参加しませんか」とお声がけいただき、「書きたい話、あります！」とノリノリで手を挙げて書いた話。

元々、現実社会に実在する「冥婚」に興味があり、SFではない形で書こうと考えたことがあったものの、書きたい物語と現実が合わずにネタ帳の隅で眠っていたアイデアがあった。

そのアイデアを溝口さんへぶつけているうちに、アイドル、推し文化、マッチングアプリ……とどんどん設定が決まってきて、「推しと死後結婚したすぎておかしくなっていくファンの話」が浮かんできたのだが、書いているうちに当初考えていたラストとはまったく違うところへ連れて行かれ、主人公の気持ちの強さに圧倒された。

この世界観にはまだまだ他にもドラマが埋まっている気がするので、いつかまた機会があれば掘ってみたい。

「閻魔帳SEO」
〔初出：「SFマガジン」二〇二四年六月号〕
「SFマガジン」でもう一本書いていいよ、と言われ、「待ってました！」とばかりに書き始めたのがこの作品。

昔から、「閻魔様」なる存在が不思議だった。「閻魔帳には死者が生前に行った善行と罪業が記されている」と言うが、閻魔様はその膨大な量の記載すべてに目を通しているのだろうか？　と。

大いなる力によって全部を把握できるのだとしても、どうやって、何を基準にして死後の行き先を決めているのかもよくわからない。

何となく気持ち悪いな、というところから「閻魔帳の上位表示のみを見て、システム的に行き先を決めているとしたら」というアイデアが生まれ、そこから「上位表示にくる罪業をコントロールすることで、どんな人でも天国へ行かせてしまうＳＥＯ業者」の姿が浮かんだ。

現実の検索エンジン最適化《Search Engine Optimization》の歴史や手法について調べながら、霊的入口最適化《Spiritual Entry Optimization》のシステムを考えていく中で、この話は「消費される中で意味や使い方が変容していくネットミーム」を多用した馬鹿げた話にしたいと思うようになっていった。

閻魔帳のシステムをハックし続ける世界のくだらなさと狂気の底には、現実社会を生きる自分が感じ続けている恐怖や怒りや悲しみがあるからだ。

個人的には、この一行で終わる小説は他にないのではないか、と思っている。

何だこれは、という言葉が作中にあれば、ぜひ検索してみてほしい。検索エンジン最適化《SEO》が「正しく」機能している保証はないが……。

本書はＳＦミステリ短篇集として売り出していくと聞いているが、これらの収録作が本当にＳ

F、ミステリなのかは私にはよくわからない。

全篇を通して、ミステリ的（特にホワイダニット）な展開や驚きは意識して書いていたものの、SFの定義はつかめていないままだし、狭義の意味では当てはまらない作品もあるかもしれない。けれど、私はこの収録作たちを書けたことで、これまで書きたいと思いながらも、どう書けばいいかわからずにいたいくつもの物語に、これから着手していけるかもしれないという気がしている。

なお、どの作品を表題作にするか悩んだが、結局「魂婚心中」を全体のタイトルとして採用することにした。

書いた時期も経緯も与えられたテーマも世界観もまるで違う作品ばかりだが、どの物語も登場人物の「関係性」を主軸に置き、心中するような感情の強さを書いたものだからだ。

推しとファン、ライバル、先輩と後輩、上司と部下、〇〇〇〇と世界、主従——様々な関係性、そして特別な世界観の中でこそ生まれる感情を見届けてもらえたら幸いである。

芦沢央

芦沢央　著作リスト（二〇二四年六月時点）

『罪の余白』（角川文庫）長篇
『悪いものが、来ませんように』（角川文庫）長篇
『今だけのあの子』（創元推理文庫）短篇集
『いつかの人質』（角川文庫）長篇
『許されようとは思いません』（新潮文庫）短篇集
『雨利終活写真館』（小学館）連作短篇集
『貘の耳たぶ』（幻冬舎文庫）長篇
『バック・ステージ』（角川文庫）連作短篇集
『火のないところに煙は』（新潮文庫）連作短篇集
『カインは言わなかった』（文春文庫）長篇
『僕の神さま』（角川文庫）連作短篇集
『汚れた手をそこで拭かない』（文春文庫）短篇集
『神の悪手』（新潮文庫）短篇集
『夜の道標』（中央公論新社）長篇
『魂婚心中』（早川書房）短篇集

魂《こん》婚《こん》心《しん》中《じゅう》

二〇二四年六月二十日　印刷
二〇二四年六月二十五日　発行

著者　芦《あし》沢《ざわ》央《よう》

発行者　早川　浩

発行所　株式会社　早川書房
郵便番号　一〇一 - 〇〇四六
東京都千代田区神田多町二ノ二
電話　〇三 - 三二五二 - 三一一一
振替　〇〇一六〇 - 三 - 四七七九九
https://www.hayakawa-online.co.jp
定価はカバーに表示してあります

印刷・星野精版印刷株式会社　製本・大口製本印刷株式会社

ISBN978-4-15-210337-6 C0093

乱丁・落丁本は小社制作部宛お送り下さい。
送料小社負担にてお取りかえいたします。